IMPOSTURES

LE JOURNAL DE BORIS

DU MÊME AUTEUR

L'angélus, Ottawa, Éditions David, 2004.

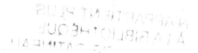

Dany Rossignol

Impostures

Le journal de Boris

Les Éditions
David

Les Éditions David remercient le Conseil des Arts du Canada
et le Secteur franco-ontarien du Conseil des arts de l'Ontario.
En outre, nous reconnaissons l'aide financière du gouvernement
du Canada par l'entremise du Programme d'aide au développement
de l'industrie de l'édition (PADIÉ) pour nos activités d'édition.
Les Éditions David remercient également le Cabinet juridique
Emond Harnden.

Catalogage avant publication de Bibliothèque et Archives Canada

Rossignol, Dany, 1966-
    Impostures : le journal de Boris / Dany Rossignol.

(Voix narratives et oniriques)
ISBN 978-2-89597-083-5

    I. Titre. II. Collection.

PS8635.O72I46 2007   C843'.6   C2007-905944-9

Révision : Frèdelin Leroux
Maquette de la couverture : Joanne Fournier
Typographie et montage : Anne-Marie Berthiaume graphiste

Les Éditions David   Téléphone : (613) 830-3336
265, rue St-Patrick, Bureau A   Télécopieur : (613) 830-2819
Ottawa (Ontario) K1N 5K4   info@editionsdavid.com
www.editionsdavid.com

Merci à Pascale pour son crayon vert,
à Benoît, cofondateur de l'Orzopanthoum,
et à Luc pour les voix et la voie.

Merci à ma famille et à mes amis
pour leur aide, leurs conseils et l'inspiration :
Suzanne, Jean-Pierre, Clairette, Alix, Lucie,
Jean, Alain, Sylvie, Julie, Ghislaine, Joséphine,
Bernard, Mumu, Lianne, Claude, Josianne,
Monique, Jo, Martine, Charlotte...

Merci à mon amour, mon Lou à moi.

*Était-elle aimée à cause
de ses yeux si magnifiques,
ou ses yeux étaient-ils
si magnifiques parce qu'elle
était tant aimée?*

Anzia Yenerska

*J'ai découvert le paradoxe que
si j'aime jusqu'à la souffrance,
je ne ressens aucun mal,
seulement plus d'amour.*

Mère Teresa

Le saule devant la fenêtre est plein de chatons. Les tourterelles tristes sont heureuses. La neige creuse de petites rigoles. J'aime le printemps. Gros Calin est assis sur moi.

Gros Calin, c'est mon chat. Je l'ai nommé ainsi à cause d'un livre, *Gros-Câlin* de Romain Gary. Romain Gary est un imposteur, tout comme moi. Un imposteur, parce qu'il est le seul écrivain à avoir gagné deux fois le prix Goncourt. Scandale. On n'a pas le droit de remporter deux fois le Goncourt. Il faut laisser la chance aux autres, je présume. Romain — je l'appelle Romain, car j'aimerais bien être son ami — le gagne d'abord en 1956, avec *Les racines du ciel*, puis en 1975 pour *La vie devant soi*, qu'il publie sous le pseudonyme d'Émile Ajar.

Moi aussi, je suis un mystificateur. Non pas que je sois écrivain, même si j'ai décidé de remplir ce cahier. Moi, mon imposture est d'un tout autre ordre. Les gens croient que je ne sais ni lire ni écrire. Et c'est très bien ainsi.

Dans ce cahier, je vais écrire ma vie. Quand j'aurai terminé de remplir toutes les pages, j'irai l'enterrer. Ainsi, personne ne connaîtra mon secret.

*　*
*

Je m'appelle Boris, mais ce n'est pas mon vrai nom. Moi aussi, j'utilise un pseudonyme, car si un jour quelqu'un met la main sur ces pages, je pourrai toujours nier qu'elles proviennent de moi. J'ai choisi Boris, car c'est un drôle de nom. C'est comme Maurice avec un rhume. J'ai vingt-cinq ans. J'habite dans une petite maison située sur un immense domaine de vingt-cinq acres. Ici ce ne sont pas des pseudo-nombres. Mon âge et la superficie des terres sont véridiques. Je vis donc entouré d'une grande forêt où courent quelques ruisseaux et de nombreux animaux.

Mais commençons par le commencement.

Je suis né un vingt-cinq avril. On pourrait croire que j'ai une fixation pour ce nombre, mais il n'en est rien. Mes parents ont confirmé la date. De mon côté, je n'en ai aucun souvenir.

Au début, la vie est belle. Je nage dans l'eau comme dans le ventre d'une mère. Les couvertures sont chaudes, douillettes. Je suis cajolé, bercé, adoré. On me promène de bras en bras, jamais mes pieds ne touchent terre.

Mes parents sont jeunes, riches, beaux et heureux. Je suis la huitième merveille du monde.

Les choses semblent se détériorer rapidement. À deux ans, je ne marche toujours pas. Je n'ai pas encore dit le mot maman. Bref, je n'ai encore rien fait qui pourrait satisfaire le monde des adultes. Ma mère s'affole, mon père se fâche.

Je ne marche pas, je ne parle pas, mais je sens certaines choses. Je sais que mes parents me détestent maintenant. Ils détestent mon silence. Ils détestent mon inertie. Je suis comme un boulet de canon qu'ils traînent à leurs pieds. Déjà, je suis l'enfant raté.

L'erreur.

Le malheur.

J'apprends à marcher très tardivement. Vers l'âge de trois ans. Mes pieds touchent le sol, le monde s'effondre, et moi aussi.

* *

*

À cinq ans, c'est la catastrophe. J'entre dans le monde de la performance, de la comparaison, de la compétition. Les autres enfants parlent, marchent et, dans l'entourage de mes parents, les enfants connaissent l'alphabet à trois ans. On parle de douance, de dérogation...

Pour moi, tout est difficile quand j'entre à l'école : dire, raconter, expliquer, compter, découper, coller... Et plus tard écrire, décrire, soustraire, multiplier... On rit de moi. On me rejette en secret. Se dresse alors un mur plus haut que tout. Un sommet plus difficile à atteindre que dire, raconter, coller, diviser... Dans le rejet de mes pairs, il me faut apprendre à socialiser!

Je ne réussis pas.

Dans la cour de récréation, les enfants rient de moi. On me crie des noms : débile, nul, tata, épais, mongol... Je ne comprends toujours pas pourquoi on me traitait de «mongol». Je trouve ce nom plutôt joli, car les peuples d'Orient m'ont toujours fasciné tant par leur sagesse que par leur beauté. Ces jeunes ne savaient probablement pas qu'il fallait dire trisomique. De toute façon, je ne suis pas trisomique.

Ma mère, que j'appellerai Séverine, veut m'envoyer en pension quelque part, dans un établissement spécialisé. Mon père, que je nommerai Prospère, n'est pas d'accord. Cependant, Prospère voyage beaucoup pour «prospérer» et sa belle Séverine, avocate n'ayant jamais pratiqué, se promène de plus en plus souvent dans la grande maison avec un verre de cristal à la main. Comme dans *Dynastie*.

Il m'arrivait parfois de trouver ma mère ivre quand je revenais de l'école.

Aujourd'hui, c'est Dagobert qui est assise sur moi. C'est ma chatte. Elle porte ce nom en l'honneur du chien Dagobert dans les romans du *Club des cinq* de la Bibliothèque rose. Le rose me fait penser que je suis daltonien. Certains jours, sous certaines lumières, Dagobert me semble verte. Alors, je l'appelle la Petite Tortue.

Philippe viendra me chercher dans une heure. Bon, Philippe c'est son vrai nom, mais je ne pouvais pas changer le nom de Philippe parce que Philippe, je l'aime trop. Philippe, c'est en quelque sorte l'homme à tout faire de mes parents. Un homme de confiance qui est à leur service depuis plus de dix ans. Pour moi, Philippe, c'est mon ami. C'est un sage aussi. Il parle peu, car il écoute. Il m'a enseigné le chant des oiseaux. Comme un enfant, il s'émerveille parfois devant un caillou brillant. C'est un grand jardinier aussi. Bien sûr, il s'occupe des jardins de mes parents, mais autour de ma maison, c'est lui et moi qui avons tout créé. Il m'a même proposé de faire un bassin d'eau dans lequel nous avons mis des carpes. Si un jour Philippe tombait sur ce cahier, je sais qu'il ne le lirait pas. Et même s'il le lisait, je sais qu'il ne trahirait pas mon secret et tous les secrets que j'apprends quand je me cache dans la bibliothèque de mes parents. Par exemple, c'est ainsi que j'ai su que Séverine s'était fait avorter trois ans avant ma naissance et qu'elle avait eu deux fausses couches après mon arrivée.

C'est caché dans l'ombre que je l'ai entendue dire : «Cet enfant est une malédiction!»

Philippe ne trahirait pas mes secrets, car je sais qu'il en a lui aussi. Mais il ne m'en a jamais parlé, sinon ce ne seraient pas des secrets. De plus, je crois que les siens sont d'ordre mystique.

* *
*

Quand j'ai eu dix-huit ans, Séverine et Prospère m'ont fait construire sur leur domaine une très jolie maison de bois avec plein de fenêtres. En hiver, je peux distinguer leur maison au loin, mais en été, on croirait que je vis seul au milieu des arbres. En m'offrant cette liberté, Séverine, belle esseulée, peut recevoir à sa guise un homme que j'appellerai Narcisse. J'avais pensé le prénommer Brutus ou Gino, car Narcisse est un ex-policier très viril. Cependant, j'ai choisi Narcisse, car ce bellâtre imbu de lui-même fait tout pour être admiré. C'est une espèce de gigolo, entretenu par ma mère. Bien entendu, le coq ne visite Séverine que lorsque Prospère est absent, et jamais les lundis, mardis, mercredis (entre 9 heures et 16 heures), car ce sont les jours où une dame que j'appellerai madame Bulhões travaille chez mes parents.

Madame Bulhões est portugaise. Chez Prospère et Séverine, elle fait le ménage, la lessive et la cuisine. Elle vient chez moi une heure par semaine. Je crois que c'est Séverine qui l'envoie en espionne. Moi, je l'aime bien madame Bulhões. Elle me dit bonjour lorsqu'elle arrive, puis elle travaille en silence. À la fin, elle me dit au revoir et elle me laisse toujours un Ferrero Rocher sur la table de la cuisine, car madame Bulhões sait que ce sont mes chocolats préférés. Gros Calin et Dagobert aussi aiment madame Bulhões. Ils me l'ont dit.

Mais c'est moi qui fais ma lessive, car je ne voudrais pas que quelqu'un d'autre lave mes caleçons.

*　*

*

Je ne jouais pas avec les autres enfants, mais je faisais beaucoup de peintures quand j'étais à la maternelle. Mon enseignante était très gentille. Elle souriait beaucoup et elle s'extasiait devant mes dessins. Parfois elle exposait, pour quelques jours, une de nos œuvres derrière un cadre vitré. C'étaient souvent mes peintures qui étaient choisies. Alors moi, j'apportais beaucoup de chefs-d'œuvre à la maison. Séverine déposait toujours mon rouleau dans une boîte de carton dans la garde-robe. Je me demandais si elle regardait mes peintures pendant que je dormais. Un jour que je revenais de l'école, alors que je descendais de l'autobus, j'ai vu un éboueur qui tenait la boîte dans ses mains, puis, comme dans un film au ralenti, il la lança dans le camion...

Je n'ai pas pleuré ce jour-là. J'ai serré très fort les poings, j'ai levé les yeux au ciel pour voir si Dieu avait vu lui aussi, puis je suis rentré à la maison.

* *

*

Philippe arrive. Nous allons faire des courses.

9 avril

Philippe va faire les courses tous les vendredis et tous les vendredis, je vais avec lui. Généralement, on prend ma voiture. Oui, je sais conduire. Les analphabètes peuvent avoir un permis de conduire. Alors les gens qui se font passer pour des analphabètes aussi.

La voiture est venue avec la maison.

Les vendredis donc, on va d'abord chez HMV. Là, j'achète beaucoup de disques. J'écoute beaucoup de musique, car j'ai beaucoup de temps et je ne suis pas censé savoir lire. Alors, j'achète toutes sortes de musique. Des films parfois. Ensuite, nous allons toujours à la librairie, car Séverine fait partie d'un *book club,* comme elle dit. On doit toujours y prendre un bouquin que Séverine a réservé par téléphone. *Séverine a réservé,* c'est drôle comme phrase même si je ne suis pas sûr que c'est du bon français. Bof, je peux me permettre tous les écarts de la langue, car ces pages ne sont pas destinées à être lues, mais enterrées. Quand nous sommes à la librairie, j'en profite toujours pour acheter un livre. Philippe ne pose jamais de questions. Il y a plein de livres cachés dans mes garde-robes.

On termine toujours par le marché. Philippe a la liste de Séverine et de madame Bulhões. Moi, j'ai la liste de Dagobert et de Gros Calin.

Hier, chez le disquaire, je me suis procuré Montréal Jazz Club, Sylvie Paquette, Dumas et Stephan Eicher. Aujourd'hui, dans ma tête, il y a une boule disco sertie de centaines de miroirs qui me renvoient des images de phares, de moulins, de mystères de l'enfance ; les mystères qui font juste assez peur mais pas trop. Le frisson de la peur de l'enfance. La boule me renvoie aussi des reflets de bosquets de pins dans les quatre saisons. Des mers aussi. Des pommiers aux printemps. Des ciels bleus et des champs à perte de vue. Des brumes épaisses, en octobre, quand l'Halloween approche. Les premières fleurs : les perce-neige, les tulipes, les jonquilles. Les rigoles.

J'aime les rigoles. J'en ai déjà parlé à la première page de ce cahier.

Cet après-midi, j'irai visiter la mère de Séverine. Je suis le seul qui va la voir. Elle pourrait s'appeler Mère-Grand, car elle fait de l'alzheimer, ou Grand-Mère, car elle est la mère de ma mère. Je vais l'appeler Mamie. Comme ça, personne ne pourra la retracer. Mamie est toujours attachée à un fauteuil roulant. Elle ne me reconnaît plus depuis trois ans. Elle me donne toutes sortes de noms. Jean-Pierre, Oscar, Michel, Benoît, monsieur. Un jour, elle m'a appelé monsieur. C'est drôle. Alors, Jean-Pierre, Oscar, Michel, Benoît et le monsieur racontent plein d'histoires à Mamie et Mamie me raconte plein d'histoires à moi.

C'est grâce à Philippe si je visite Mamie. C'est lui qui m'a suggéré d'aller la voir. La première fois, il m'a accompagné. Maintenant j'y vais seul.

Le disque de Sylvie est terminé. Je l'aime beaucoup Sylvie. Sa voix, ses paroles, sa musique, ses mélodies me transportent, me transforment, me *capotent*, m'aident et m'apaisent. Le stylo s'arrête maintenant. Je vais brosser les chats.

10 avril (dimanche)

Nous sommes en début d'après-midi et j'irais bien faire un petit roupillon. Il y a un feu dans l'âtre. L'horizon est blanc, gris… Me perdre dans toute cette clarté. Cette clarté ténébreuse.

Quand j'étais petit, je n'avais pas d'amis, alors je m'inventais des jeux. À la maison, je passais des journées entières à détruire doucement les nids de fourmis. Immobile, je regardais les fourmis les reconstruire, se débattre, se tortiller. Puis je les détruisais à nouveau. Dans la cour de récréation, les bestioles recevaient le même sort. Les autres enfants ne me parlaient pas, mais les enseignantes me disaient toujours bonjour. Elles savaient sans doute qu'autrefois, j'avais été un grand peintre.

Aujourd'hui encore je m'invente des jeux. Par exemple, chaque matin, je prends mon iPod et je choisis une chanson au hasard. Je l'écoute pieusement et je me demande si ma journée sera faite de cette chanson. Ce matin, c'est *Le mal de vivre* de Barbara qui jouait dans mes oreilles. Je crois que la journée sera triste.

11 avril

Séverine et Prospère ont acheté leur domaine alors que j'avais six ans. Au début, je n'aimais pas la maison. Je me perdais dans ses trop nombreuses pièces. Je pleurais. Ma mère était quelque part, introuvable. C'est qu'elle est immense cette demeure avec la cuisine, la salle à manger, les deux salons, le solarium, la bibliothèque, le grand hall, le sous-sol avec sa table de billard et le bureau de Prospère toujours fermé à clé. Je n'ai jamais pu y entrer. Jamais. Les chambres du premier avec leur salle de bains, et au-dessus de tout ça, un étage de pièces vides, mansardées, qui jadis avaient logé les bonnes des anciens propriétaires. Aujourd'hui, cet étage pourrait bien être les appartements privés de Séverine, car elle, c'est une bonne à rien.

*   *
*

Dans la maison, c'est la bibliothèque que je préfère. Il y a des livres sur tous les murs. Tout ce monde, toutes ces histoires, toutes ces vies que je ne connaîtrai jamais, car il me serait impossible de tout lire même si je lis assez vite maintenant.

Avec ces livres, il y a un piano, un immense pupitre ainsi que deux causeuses perpendiculaires au foyer de pierre. Il y a aussi deux fauteuils et une table d'échecs, en étain. Le plafond est haut, le rebord des fenêtres est large, les rideaux épais. Ça fait très *library* dans Agatha Christie. Tous les murs sont en bois et il y a même des trappes secrètes. En effet, si l'on frappe sur le bois à un endroit précis, un panneau se lève et donne accès à un petit bar : alcool, verres et minuscule évier. Cette cachette bien connue de Séverine et de ses amis se trouve près du grand pupitre. La mienne est près des causeuses. Alors que le panneau du bar glisse sur des rails, celui de ma cachette s'ouvre avec des pentures. Avant de devenir ma cachette, c'était peut-être une armoire à balais. Qui sait? J'ai pu m'y tenir debout jusqu'à l'âge de dix ans. Maintenant, quand je m'y cache, je dois me mettre en petite boule. C'est Dagobert qui m'a appris à faire la petite boule.

J'allais souvent dans ma cachette quand ma mère recevait les femmes de son *book club*, mais je m'en suis vite lassé. Elles discutent des livres pendant une dizaine de minutes (c'est à se demander si elles les lisent) et elles se mettent à moucharder. Généralement, elles disent des méchancetés sur les gens, sur leurs amies absentes, parfois sur leurs enfants, souvent sur leur mari.

Un jour que j'étais dans la bibliothèque pour emprunter un livre, j'ai entendu ma mère dans le hall. N'ayant pas le temps de rejoindre ma cachette, je me suis faufilé derrière les tentures. Séverine est entrée avec Narcisse. Ils riaient fort. Séverine disait à Narcisse d'enlever son chandail, qu'il était beau, qu'elle voulait le sucer... Quelles privautés! Ébahi, j'entendais; j'aime que tu ne sois pas *si gentil*! C'est plus tard que j'ai compris qu'elle disait *circoncis*.

Ça me fait penser à un autre jeu que je joue. Quand je regarde les gens, il y a toujours deux choses; d'abord, je les regarde comme ils sont : beaux, jolis, sympathiques, souriants, bienveillants, antipathiques, snobs, épeurants, repoussants... Et ensuite, je les imagine en train de jouir. J'imagine leur visage. C'est très drôle et très révélateur à la fois. Ce qui est encore plus drôle, c'est que certaines personnes ne se prêtent pas au jeu. Je suis incapable de les imaginer en train de jouir.

C'est très étrange d'entendre sa mère, caché derrière un rideau, et de l'imaginer en pleins ébats. J'avais 18 ans, Séverine faisait mon éducation sexuelle. Merci Dieu de ne pas m'y être fait prendre. Drôle de phrase.

13 avril (mercredi)

Hier, je n'ai pas écrit. Aujourd'hui, il fait beau. Ce matin, j'ai encore trouvé un livre dont la page couverture a été mordillée par Gros Calin. Je ne sais pas pourquoi, mais Gros Calin est un croqueur de livres. Pour le punir, je lui fais une attaque de becs. Une attaque de becs consiste à empoigner le chat d'une manière quelconque et à lui donner trois séries de 25 becs ininterrompus à trois endroits différents. Gros Calin aime beaucoup les becs derrière les oreilles.

Aujourd'hui j'ai dû le gronder plus fort, 40 becs de plus, car il a mâchonné un de mes livres préférés, *Une petite robe de fête* de Christian Bobin. J'aime beaucoup Christian car il écrit de tout petits livres, mais ses livres sont parfaits. Je ne sais pas comment les décrire. C'est à cause de lui que j'écris dans ce cahier. Il y a un mois, j'ai vu sa photo sur la couverture d'un magazine. En gros titre était écrit : ÉCRIRE, SEULEMENT. J'ai pensé qu'il m'envoyait un message.

En ce moment, j'écoute un disque de Bashung. Je me souviens du temps où je n'étais pas capable de lire. Je me rappelle ma première année. En septembre, personne ne savait lire. Le *l* avec le *e* fait *le*, le *e-a-u* qui fait le son *o* comme dans bateau, il y a le *a-u* aussi comme dans aussi, le *o-n* qui devient *o-m* devant le *p* et le *b* comme plombier, mais pas dans bonbon. Une exception! Le *s* qui fait *z* quand il est entre deux voyelles et j'en passe!

Une nuit, le miracle se produisait. Le lendemain, un élève savait lire. Tout s'était mis en place. Il lisait lentement d'abord, mais il lisait. Les autres le regardaient, fascinés. Un jour, c'était un autre puis une autre. À Noël, il ne restait plus que 12 élèves sur 25 qui ne savaient pas encore lire. Moi, c'est ce que j'ai demandé cette année-là au Père Noël.

En février, nous étions huit. En mai, nous étions trois et, à la fin de l'année, nous n'étions plus que deux qui ne savions pas lire. Je me souviens de la terreur partagée dans les yeux de l'autre garçon.

En deuxième et en troisième années, j'étais le seul. Mais je ne croyais plus au Père Noël.

Je me suis tourné vers Dieu.

Plus les années passaient, plus je vivais l'enfer.

* *

*

Je ne sais pas pourquoi il y a de l'intégration dans les écoles. Pourquoi m'avoir placé avec les autres enfants? C'est étrange : les parents qui ont des enfants «normaux» veulent que leurs enfants soient exceptionnels, uniques, différents et les parents qui ont un enfant différent veulent qu'il soit comme tous les autres.

* *

*

J'ai appris à lire ou plutôt tout s'est mis en place un 28 octobre. J'étais en quatrième année. C'est peut-être un miracle qui s'est produit pendant la nuit ou c'est, disons, euh... Muriel qui m'a aidé. Muriel, c'était une orthopédagogue. Je travaillais avec elle une heure par jour et le reste du temps, j'étais en classe. Dans le local de Muriel, c'était différent. Il n'y avait presque pas de bruit. Il n'y avait que cinq pupitres. On travaillait individuellement avec Muriel. Je me souviens encore du matin où j'ai lu la phrase (sans illustrations) : *Le chat est devant la maison blanche.* Muriel est restée très calme, mais elle est devenue les yeux pleins d'eau. J'avais fait pleurer Muriel. Des yeux pleins d'eau. N'être que des yeux avec plein, plein d'eau. C'est beau ! Je crois qu'elle en a parlé à mes parents, car ce soir-là papa est venu me lire une histoire. C'était la première fois que mon père me lisait une histoire avant d'aller au lit. Je me souviens encore du titre : *Maison hantée, chats noirs et autres choses à vous faire dresser les cheveux sur la tête !*

Il m'a embrassé sur le front avant d'éteindre la lampe de chevet.

Le lendemain, il partait en voyage.

Séverine, quant à elle, n'a eu aucune réaction.

* *
*

Je n'aurais pas dû être en classe régulière. L'intégration, c'est de la merde. Il aurait fallu que je reste toujours dans la classe de Muriel.

Les réformes en éducation ne semblent jamais porter les fruits escomptés. On parle même souvent de catastrophe. Il me semble qu'avec la dernière réforme, on voulait contrer le décrochage scolaire. Encore un flop! C'est à se demander si les gens qui ont pensé à cette réforme étaient sans connaissances ou bien s'ils étaient sans compétences (pour utiliser un terme à la mode). Peut-être même les deux. Oui! des ignorants incompétents. Si on veut contrer le décrochage, il n'y a qu'une seule chose à faire : réduire le nombre d'élèves par classe. Au primaire, par exemple, il ne devrait y avoir que quinze élèves par groupe, et les enfants qui ont des troubles d'apprentissage ou de comportement ne devraient pas être dans les classes régulières, mais devraient recevoir des services spécialisés. Comme dans la classe de Muriel. Ainsi tous les élèves auraient droit à plus d'encadrement, plus de supervision, plus de temps, plus d'amour...

Moi, j'aurais TELLEMENT aimé rester TOUJOURS avec Muriel.

Les enseignants ont protesté contre la dernière réforme. Ils ont fait la grève. Aux nouvelles, on voyait des gens qui disaient : «Les profs prennent nos enfants en otage!» Stupidité. Une prise d'otages, c'est Beslan en Ossétie du Nord, c'est Bailey au Colorado, c'est l'École polytechnique à Montréal. En plus, les enseignants contestaient pour que les élèves puissent recevoir plus de services ou d'aide spécialisée. On est loin de l'otage. Par surcroît, les manifestations donnent des journées de congé aux enfants, ce qui est merveilleux et qui est tout le contraire de l'expérience de l'otage.

Tellement, toujours...

L'autre jour, j'ai entendu à la télévision le slogan du ministère de l'Éducation : *L'enfant au cœur de nos préoccupations.* Foutaise! Imposteur! S'il avait été sincère le Ministère, il aurait dit : *L'argent au cœur de nos préoccupations.*

Enfant et argent, ça rime en *an.* Quand j'étais petit, je ne comprenais pas la rime. À argent, j'aurais pu dire envie, pour enfants, envolé comme dans s'envoler. Pour château et chameau, j'aurais pu dire chien ou n'importe quoi. Et pour Isabelle Pierre, j'aurais dit Pierre Lapointe.

Voilà, le disque est fini. C'est assez pour aujourd'hui. Je vais me coucher.

14 avril

Après ma déclaration d'amour à Muriel, *Le chat est devant la maison blanche,* je n'ai plus jamais lu en public. Je ne voulais plus faire pleurer Muriel. J'ai commencé à lire en cachette. Je lisais tout ce que je pouvais : les boîtes de céréales, le titre des revues, le mot «arrêt», au coin des rues. Et je ne pouvais m'arrêter. Je cherchais les mots partout. Pour me sauver, pour partir.

Enfin, un jour, je suis tombé dans les livres. Il y avait plein de livres pour enfants dans la grande bibliothèque. Aujourd'hui, ils sont dans la garde-robe de ma chambre. Je les ai récupérés dans des cartons, en cachette, juste avant le passage des éboueurs. Dieu existe!

Ça fait une semaine aujourd'hui que j'écris dans ce cahier. Je vais fêter ça avec un rosé dans le jardin et *Louise* de Bobin. Jardin et Bobin, ça rime en *in*. Je suis bon maintenant.

15 avril (vendredi)

J'avais huit ans. J'étais en troisième année. Nous étions dans un cours d'enseignement religieux et nous devions dessiner un miracle accompli par Jésus. Moi, je l'ai dessiné alors qu'il marchait sur les eaux, car j'aurais bien aimé faire ça, mais je suis daltonien, alors je ne peux pas. Tous les élèves ont ri de mon dessin avec son eau violette. À la récréation, ils ont ri de moi aussi. Stupide. Trou de cul. Einstein. Tapette. Gros tas. Barniques. Je ne disais rien. J'étais comme Jésus, mais pas sur les eaux. J'étais celui qui présente l'autre joue. J'étais peut-être un saint. En passant, je n'ai jamais compris ce passage de la Bible.

Comment voulez-vous que l'on sache accorder un temps de verbe, quand on ne voit pas le violet. Maintenant, je sais ce qu'est le violet. C'est un genre de bleu que je ne vois pas. Maintenant, je sais généralement accorder les verbes.

J'écoute un disque de Jorane que j'ai acheté aujourd'hui.

16 avril (samedi)

On peut dire que, lorsque j'étais jeune, j'étais minable en tout, sauf en rêve. Je me souviens, au préscolaire, quand l'enseignante nous faisait relaxer. J'étais le meilleur. Souvent, elle me citait en exemple. Alors moi, je savais que j'étais le meilleur *accueilleur* de grâce, de vie, de farniente, de prière quoi! Et c'est parce que je rêve encore que j'écris.

Après mes années passées en enfer, j'ai retrouvé le rêve quand j'ai lu mon premier *Club des cinq*. Là, c'était le bonheur. François, Mick, Annie, Claude et le chien Dagobert étaient devenus mes amis. On trouvait des trésors, on élucidait des mystères. Je me cachais partout dans la maison pour lire. Quand il faisait beau, j'allais dans le bois. Je leur parlais à voix basse. J'aimerais encore parler à Claudine; parce que Claude, c'est une fille, que Claude, c'est une fille. Il y a comme un écho ici, dans l'écriture.

Il y a beaucoup d'enfants qui ont des amis imaginaires. Moi, mes amis existaient. C'est Enid Blyton qui me l'a dit.

En plus de Claude et d'Annie, j'ai connu une autre fille que j'aimais beaucoup. Je la voyais parfois dans le local de Muriel, alors elle n'était pas imaginaire du tout. Elle s'appelait Alix. Elle était très belle et très gentille. Elle lisait bien et elle faisait de très beaux dessins. Alix avait toujours un mot gentil pour les gens. Elle a crié bravo quand j'ai déclaré mon amour à Muriel. *Le chat est devant la maison blanche.* Un jour, elle est partie dans une autre école. Dans une classe de trisomiques. Moi, j'étais heureux pour elle, mais j'étais triste pour moi.

Un bon remède contre la tristesse est de donner des becs à Gros Calin et à Dagobert. Les deux chats ont de longs poils. Dagobert est tigrée alors que Gros Calin est tout noir avec une petite tache blanche dans le cou. Quand je leur donne des becs, Dagobert sent souvent le maïs soufflé alors que Gros Calin a l'odeur des biscuits soda.

Dagobert est couchée sur mes jambes en petite boule. Elle me réchauffe, alors je lui donne un bec et je l'appelle la Petite Bouillotte. Elle se met à ronronner. Elle porte plusieurs noms Dagobert : Dagolapuce, Puceronne, Ratipoupoum, Petite Tortue, Petite Bouillotte, Rienquepu, Criarde de Puce…

Il est temps d'aller visiter Mamie. J'aimerais bien lui apporter un coucher de soleil dans sa chambre, mais je ne suis pas capable.

* *

*

Plus tard (22 h 17)

J'écris encore un peu, car il est arrivé quelque chose d'étrange aujourd'hui. Mamie était très volubile. Elle m'a parlé de voyages, d'Espagne, de ski alpin... Quand je lui ai dit que je devais partir, elle s'est tue. Je l'ai embrassée sur le front comme à l'habitude, puis juste avant que je referme la porte de la chambre, elle m'a dit « au revoir Boris ».

Je crois qu'elle n'a plus l'alzheimer. Maintenant, elle a la perception extrasensorielle. C'est tout de même étrange. C'est le prénom que je me suis inventé !

Sur le chemin du retour, je me suis arrêté à la cathédrale pour regarder les vitraux. De trois à six ans, Mamie venait me chercher tous les dimanches pour aller à la messe. C'est elle qui m'a appris à regarder le soleil qui passe dans un vitrail. Après la messe, j'allais passer la journée chez Mamie. Elle me jouait du piano. On faisait des gâteaux, des biscuits, des confitures.

Mamie avait un chat aussi. Il s'appelait Arthur. Il faisait toujours beau chez Mamie. Vers 19 heures, Mamie me ramenait chez Séverine et Prospère. J'avais l'âme déchirée.

La mort rôdait dans la maison.

C'est tellement bien de n'entendre que le bruit du stylo qui glisse sur la feuille et le silence dans la nuit. Je vais me coucher.

17 avril (dimanche)

Après *Le club des cinq*, j'ai découvert les polars : Ellis Peters, Agatha Christie, Catherine Arley. L'horreur : Stephen King, Peter Straub. Les BD aussi : *Astérix*, *Tintin*, *Le Chat* de Philippe Geluck, mais mon bédéiste préféré reste Comès. Un autre miracle s'est produit quand j'ai découvert la poésie. Les classiques bien sûr : Nelligan, Baudelaire… Puis toute la poésie, tous ces poètes qui jouent avec les mots. Les habillent, les déshabillent, les transforment : Claude Péloquin, Claude Gauvreau, Gaston Miron, Raôul Duguay… Raôul a une poésie tellement éclatée! Quand j'étais petit, je parlais comme Raôul. Je disais cormichon pour cornichon. Rinoféroce pour rhinocéros. À la dinde pour Aladin. Grignoter des doigts à la place de claquer des dents. Vanvulance pour ambulance, guédeille pour oreille, requin pour vilebrequin, et je combinais froid et soif en froil. J'étais un poète.

La chanson aussi, c'est beau. J'ai toujours lu tous les mots dans les pochettes de disque.

La poésie m'a ouvert à tout : la musique, les voyages, Anatole France, Camus, Chateaubriand, l'espace, la nature, Eric-Emmanuel Schmitt, Amélie Nothomb. Amélie est une folle. Si quelqu'un devait tomber sur ce cahier, j'aimerais bien que ce soit elle, car elle seule y verrait un compliment. Oui, je l'aime beaucoup Amélie. Mais je ne lui parle pas.

J'ai eu une période religieuse aussi. À 17 ans, je lisais les saints. Thérèse d'Avila, Thérèse de Lisieux, Jean de la Croix, *Jean de Florette* aussi, mais ça c'est une autre histoire. Malgré mes pieuses lectures, je n'ai pas connu d'extase et je n'ai pas eu de vision de Vierge ou autre personnage rattaché de près ou de loin à Jésus.

Un jour, j'ai découvert les haïkus. Un haïku est un petit poème japonais constitué d'un verset de 17 syllabes. Plusieurs haïkistes se fichent des syllabes, mais tous saisissent le moment. Un haïku, c'est comme une photo. Moi, j'aime bien les haïkus d'Issa, de Duhaime et de Jessica Tremblay. Jessica a publié des dizaines de haïkus exclusivement sur l'épouvantail. C'est incroyable et magnifique à la fois.

Tiens, un nouveau jeu. Je vais essayer d'écrire un haïku.

Tête noire
Sur le bord de la fenêtre
Ronronnement du petit vampire

18 avril (lundi)

C'est ma fête dans une semaine. Comme chaque année, Séverine viendra chez moi vers 9 heures. Dans ses mains, elle tiendra une jolie carte de fête avec mille dollars à l'intérieur. Elle me dira que la journée est à moi. De me gâter. Quand Prospère est là, il y a un souper à la maison. Il n'y en aura pas cette année, car Prospère est très «prospère» ces derniers temps. Séverine restera cinq minutes, puis elle dira «bon, allez, je me sauve». Oui, c'est tout à fait ça, se sauver.

Pour égayer un peu ce journal, je vais faire mon haïku du jour.

Chaleur intense
Soudain un vent frais
Et les confettis du pommier

19 avril (mardi)

Mamie est morte la nuit dernière. Ce matin, j'ai pensé : pendant la nuit, on frappe à la porte. Son âme qui veille se lève. On l'attend pour la grande fête. Alors, elle sort sur la pointe des pieds pour ne pas réveiller le corps qui dort. Cette nuit, c'est elle qui avait la plus belle robe.

20 avril (mercredi)

Pas le goût d'écrire. Les funérailles de Mamie n'auront lieu que dans un mois, car certaines personnes sont trop occupées. Incroyable !

Je fais tourner des requiem pour Mamie : Brahms, Cimarosa, Lassus, Mozart. Je les écoute en ordre alphabétique. Ce n'est pas en ordre dans ma tête. Il fait soleil dehors. Hier, j'ai dormi enlacé avec Gros Calin. Il sait que j'ai de la peine.

21 avril (jeudi)

Ce matin, je n'ai pas joué au jeu du iPod. Je n'ai pas laissé le hasard choisir la chanson du jour. Je l'ai fait moi-même. J'ai écouté trois fois *Tant de belles choses* de Françoise Hardy. J'ai beaucoup pleuré. Tous les gens qui perdent un être cher devraient écouter cette chanson. Ensuite, je suis allé me promener dans la forêt. Je suis allé y retrouver un ami dont je n'ai pas encore parlé. Je vais l'appeler mon arbre, car il s'agit d'un grand pin. Je grimpe dans mon arbre depuis que je suis tout petit. Je vais y lire, rêver, espionner, car du haut de ma cachette, je vois très bien dans la cour de mes parents. J'apporte toujours dans mon sac à dos un livre, un thermos, des jumelles et un appareil photo.

Aujourd'hui, j'ai serré mon arbre dans mes bras. Le pin m'a consolé.

Voilà plus d'une semaine que je n'ai pas écrit. Je n'ai même pas écrit le jour de mon anniversaire. Philippe m'a invité à souper au restaurant. Aussi, il m'a offert un cactus *Opuntia humifusa*. C'est superbe! Ce cactus que l'on plante dans le jardin reste sous la neige tout l'hiver. Au printemps, il est toujours vivant. Philippe me parle toujours de vie.

Aujourd'hui j'écris, car c'est un jour à marquer d'une pierre blanche. Le jour J. À midi douze, quelqu'un frappe à la porte. J'ai pensé l'appeler Marie à cause du *Je vous salue Marie, pleine de grâce*, mais je vais la nommer Lou. Je trouve ça beau Lou. De plus, j'aime les prénoms monosyllabiques. Quand je l'ai vue, mon cœur a chaviré. C'est marqué dans ma mémoire.

— Bonjour, je m'appelle…

— Bonjour, moi c'est…

— Je suis venue me présenter. Je vais remplacer madame Bulhões.

— Madame Bulhões nous quitte!

— Est-ce que je pourrais passer, après-demain, vers 14 heures?

— Euh… oui aucun problème.

— Merci.

Elle allait partir. Je lui ai demandé si elle portait un parfum. Lou a souri. Elle m'a donné le nom. Je le garde en secret. Je lui ai dit que ça sentait bon, que ça me rappelait l'odeur de la forêt.

Lou a souri encore.

Désormais, Lou remplacera madame Bulhões. C'est magnifique. Je crois que j'ai choisi de l'appeler ainsi à cause des *Lettres à Lou* de Guillaume Apollinaire. Ce sont les plus belles lettres d'amour que j'eusse lues. Tiens, un temps de verbe saugrenu! Il y a *Les lettres de la religieuse portugaise* aussi, que l'on attribue à je ne sais plus qui, mais elles sont adressées à un homme alors moi, je préfère les lettres de Guillaume.

Dix minutes après le départ de Lou, j'ai sauté dans ma voiture et je me suis rendu au centre commercial. Là, j'ai acheté son parfum. Je suis revenu à la maison et j'en ai aspergé mon cahier.

Premier mai

Je sais maintenant que les phéromones existent.

Je sais aussi ce qu'est l'amour. J'aime Philippe, souvent je me sens habité par lui. J'ai aimé Muriel, Alix, Mamie. J'ai même, un jour seulement, désiré Séverine. Cependant, il s'agit ici d'une situation œdipienne. La journée où j'ai désiré ma mère, je me voyais avec des bottes de Kiss, un fouet à la main et un visage maquillé à la Marilyn Manson. On voit que j'ai aussi lu le marquis de Sade! Mon fantasme était plus que sadique. Séverine souffrait beaucoup. Je crois que le marquis aurait été impressionné.

Mais avec Lou, c'est différent. Je ne suis pas habité, je suis possédé par Lou depuis hier. C'est étrange, mais je n'ai pas joué à mon jeu où j'imagine les gens jouir quand j'ai vu Lou. Wow! il y a beaucoup de *j* dans cette phrase. J'aurais dû l'appeler Julie. Cependant, j'ai joué à mon jeu en me couchant. Ah! comme c'est curieux. Couchant, ça rime avec crossant!

*   *
*

Aujourd'hui, j'ai reçu la visite de Séverine. Elle était justement venue me dire qu'ils avaient engagé une nouvelle dame à la suite de la démission de madame Bulhões. J'ai cru comprendre que c'était pour des raisons de santé, mais je sais aussi que Séverine n'était pas gentille avec elle. Je l'ai souvent entendue lui crier que telle ou telle chose était mal faite quand j'étais caché dans la bibliothèque.

Séverine a vu *Le père Goriot* et *Thérèse Raquin* sur la table du salon. Elle savait, par la présence de ces livres, qu'il y avait quelque chose qui lui échappait. Que je lui échappais encore une fois. J'ai vu la haine dans son regard.

Cependant, il était 16 heures et elle était déjà ivre. Elle sentait le fond de tonne et articulait difficilement certains mots. Demain, elle ne se souviendra de rien.

Demain. J'ai hâte à demain. Je vais voir Lou.

C'est étrange, je ne sais pas trop quoi écrire. Je suis fatigué sans l'être. La plume reste longtemps au-dessus de la feuille, comme étonnée, surprise et peut-être heureuse. Parfois, quand on est heureux, on ne trouve pas les mots.

2 mai

À 14 heures pile, Lou sonne à la porte. J'aime la ponctualité. Jeanne Moreau joue sur la chaîne audio. J'essaie d'avoir l'air naturel. Après les salutations d'usage, Lou commence le ménage, alors que je m'installe au salon avec un calepin à dessin. De là, je peux presque tout voir. J'espionne Lou. Je la regarde travailler. Chaque objet qu'elle touche prend une autre signification. Je vénérerai ce vase. La télécommande du téléviseur devient un objet sacré. Nous avons très peu parlé, mais avant de partir, Lou m'a demandé de voir mon dessin. J'avais reproduit la pochette du disque de Jeanne. Son regard était admiratif.

Je suis bien.

J'écoute de grosses ballades à l'eau de rose. C'est étrange, je crois que lorsque l'on vit une passion, même les chansons d'amour les plus quétaines prennent des allures de poésie mystique. Alors, je fais tourner tout l'amour. Le plus d'amour possible : Lara Fabian, Didier Barbelivien, Garou, Elsa, Vicky, Céline, Mike Brant...

Je voudrais vivre sur un bateau, dans les voiles, dans le vent. Vivre sur les vagues et dans le soleil avec des mouettes et du ciel bleu. Toujours. Avec toi, Lou, mon phare, ma lumière. Je voudrais vivre dans cet instant que j'ai vécu aujourd'hui. Un geai bleu est venu se poser sur le rebord de la fenêtre. Lou s'est approchée de moi pour mieux le voir. Là, tout près d'elle, j'ai longtemps respiré son haleine alors qu'elle me parlait tout bas pour ne pas effrayer l'oiseau.

Lou. Partir en voyage avec toi pour une nuit ou trois semaines. Dans une nuit, je prendrais tout. En trois semaines, je te prendrais encore plus. Au matin, t'aimer davantage. Et ton rire dans ton odeur. Tes seins, ta peau, te prendre dans mes bras. Mon amour, mon Alice aux pays des merveilles, ma Marie qui ne serait pas «sainte», ma Brigitte Bardot (mais pas la vieille, celle des années 60, bien entendu).

Le jour est long à tomber.

Lou, Lou te prendre dans mes bras et poser mes lèvres sur ta bouche. Une seule fois, te lécher partout comme un suçon. Tes seins bien sûr, mais ton tatouage aussi que je devine sous ta chemise.

Te lécher le bas-ventre, les fesses, le cou, le cul, te mordre les oreilles, te lécher les aisselles, te sucer les orteils et là, là où tu crierais. Manger tes doigts, ton nez, te lécher partout comme font les chats.

Je respire mon cahier. Il a ton odeur, Lou. L'odeur de ton parfum. L'odeur de mon amour. Tout tourne dans ma tête. Le jour et la nuit se mélangent et je ne sais plus quand je rêve.

Je n'ai pas le goût de terminer cette page, cette journée. Je respire encore une fois mon cahier. C'est Isabelle Boulay qui chante maintenant.

Les nuages ne sont qu'illusion, le ciel est toujours bleu.

3 mai (mardi)

Ce matin, je suis allé espionner chez Séverine et Prospère. Du haut de mon arbre, j'ai vu à deux reprises Lou passer devant une fenêtre. À midi, Philippe est venu dîner à la maison. Nous avons joué aux échecs. C'est lui qui m'a montré comment jouer, mais pas avec le jeu en étain de la bibliothèque de mes parents. Philippe m'a offert un jeu d'échecs quand j'ai eu 17 ans. Nous jouons ensemble chaque semaine. Après le repas, nous sommes allés marcher dans le bois. C'était très beau. J'aurais aimé que ce soit magnifique.

Tout était là, c'est mon âme qui n'y était pas. Elle était avec Lou.

Je n'écris pas tout ce à quoi je pense. Et je pense à tellement de choses. On pense à tellement de choses… Il est presque minuit, nous sommes presque demain. Nous sommes presque dans un autre jour, une autre vie. Une vie où je suis avec Lou, où je suis bien, où je suis beau. Me coucher, fermer les yeux, les ouvrir. La vie différente, hier et aujourd'hui se mélangent sans s'amalgamer totalement. Je voudrais partir…

Je rêve en accéléré.

Je rêve que je roule avec toi en voiture vers la mer, vers la montagne, la campagne, vers l'été, vers l'amour et toujours. Je roule encore et encore et ton rire dans mon rire comme les yeux dans les yeux. Respirer, regarder le ciel, la plage, les nuages. Je t'aime.

Tes yeux. Tout est dans tes yeux, je crois. Je voudrais passer dans tes yeux et passer dans tout ton être. Ton corps. Un peu comme dans la chanson de Nicole Martin que j'ai écoutée ce matin grâce à mon jeu du iPod : «Tes yeux sont le miroir de notre amour, tes yeux sont ma lumière de chaque jour, dans tes yeux, je vois l'image d'un bonheur, que le temps ne peut effacer de mon cœur. Je suis à toi, tu peux me prendre, ne me fais pas attendre…» Tout ça avec une voix éraillée et beaucoup de trémolos.

Il m'est difficile de terminer cette page. C'est comme hier. Le stylo est lourd. J'ai la tête qui tombe vers mon cahier, vers mes rêves, vers Lou. Je respire mon livre, je sens son parfum. Dormir, il me semble. Dormir, partir sous les couvertures.

Martine St. Clair chante dans le soir qui avance. Je ne sais pas combien de chansons d'amour elle a enregistrées dans sa carrière, mais il y en a beaucoup. Sa voix fait de la lumière dans la noirceur du crépuscule.

Je me demande ce que je vais écrire demain.

4 mai (mercredi)

J'ai passé une grande partie de la matinée dans mon arbre à chercher Lou à chacune des fenêtres. Plus tard, j'ai trouvé au fond du cabanon une libellule à l'intérieur d'une boîte de carton. Elle était morte, intacte, les ailes grandes ouvertes. Je l'ai mise dans un pot de verre. J'ai fait des petits trous dans le couvercle pour qu'elle respire. Je la regarde souvent. Elle est belle. On dit que les libellules, ça porte chance, un peu comme les trèfles à quatre feuilles. J'en ai cherché beaucoup des trèfles à quatre feuilles quand j'étais enfant. Je n'en ai jamais trouvé. Il me faudrait beaucoup de chance pour que Lou m'aime un jour.

Pourquoi rencontrer quelqu'un d'aussi extra-ordinaire avec qui je me sens comme un autre si l'amour est impossible? Car je sais qu'entre toi et moi l'amour est impossible.

Alors je m'invente des futurs qui me rapprocheraient de Lou. Mes parents pourraient mourir dans un accident de voiture. J'hériterais de tout et je pourrais demander Lou en mariage. Ou encore, je pourrais déclarer solennellement dans la grande salle à manger de mes parents que je sais lire. Prospère me féliciterait et m'engagerait dans son entreprise. Séverine pleurerait de joie toute la soirée. Elle me demanderait pardon pour toutes les méchancetés qu'elle m'a faites et qu'elle m'a dites. Du coup, je deviendrais quelqu'un de bien et je demanderais Lou en mariage.

Il y a plein d'autres histoires comme ça dans mon cerveau.

Le stylo glisse plus lentement maintenant. Rien ne va plus dans ma tête comme ça arrive si souvent, sans que rien n'y paraisse. J'ai même l'air en forme, m'a dit Philippe. En fait, peut-être que je suis en forme parce que je rêve d'autres choses.

Le ciel est bleu. J'écoute Jérôme Minière. Dans ma tête, tout n'est pas bleu même si je rêve d'un tas de choses. C'est comme si mon rêve était recouvert de brouillard.

J'oublie de jouer à mon jeu du haïku. Celui-là, il est pour toi Lou.

Ton corps nu
Rayé de soleil
Découpé par le store

5 mai (jeudi)

Quelle journée! Que du vide. Lou ne travaillait pas aujourd'hui. Maintenant le ciel est noir, c'est la nuit. Ailleurs, c'est le jour. Dans d'autres vies, d'autres lits. C'est tellement étrange au fond de moi. Je ne peux écrire le bien-être et la douleur. Le commencement et l'écroulement de toute chose. Et tout ce mélange et encore plus de mélanges. Je ne sais plus.

Je me demande comment travaillent les écrivains. Et ce que fait Christian en ce moment. Ce doit être merveilleux de vivre de sa plume. Inventer, raconter des histoires qui font rêver, qui ouvrent sur d'autres mondes, qui parlent d'autres vies, qui confrontent parfois, qui poussent vers l'ouverture...

Je peux écrire une autre page, car je peux écrire comme ça pour rien. Écrire seulement, a dit Christian. Pour passer le temps peut-être. Ma tête tourne tellement depuis toujours jusqu'à maintenant. Mais dans tout ce noir, il y a de la lumière, il y a du soleil, il y a Lou.

Je respire ce livre, je pense à toi. À la vie, à l'amour, à la mort.

Il n'y a pas de musique, pas de bruit. Même le silence s'est tu. Je suis là à penser à Lou qui ne pense sûrement pas à moi. Pourquoi nos vies se sont-elles croisées sans s'embrasser? Et si moi, je changeais nos destins, si je prenais le contrôle de tout ça.

Dagobert chasse un moustique dans la nuit.

Bon, écrire encore même si je n'en ai pas le goût. Je n'ai plus le goût de parler de moi. J'aimerais écrire un vrai roman où un vrai gars aimerait une vraie fille, ou une vraie fille aimerait un vrai gars, ou un vrai gars aimerait un vrai gars et ainsi de suite. L'important, c'est d'aimer.

Dagobert, c'est ma chatte d'écriture. Elle est encore là en ce moment. Elle ronronne. J'aime bien avoir un tigre qui ronronne sur ma table. Dagobert, ma Petite Puce. Je t'aime. C'est peut-être toi, mon véritable amour.

Un galet blanc
Sur mon pupitre
Souvenir de l'enfance

48

J'enlève mes lunettes, je pense, je rêve un peu. Bon, plus le temps d'écrire, car je dois aller courir dans la forêt. La lune est pleine.

6 mai (vendredi)

Philippe et moi sommes allés faire les courses aujourd'hui. C'était très court, car ni Lou ni Séverine ne lui avaient fait de liste d'emplettes. Prospère est à Toronto et Séverine est partie passer la fin de semaine dans un centre de thalassothérapie. De plus, elle a abandonné son *book club*. C'est Philippe qui me l'a dit.

J'ai acheté chez HMV les disques de Yann Perreau, Chloé Sainte-Marie, Marc Déry et Kaïn. À la librairie, j'ai acheté *Lewis & Alice* de Didier Decoin. J'aime *Alice au pays des merveilles*. J'aime beaucoup Didier aussi. Son livre *Jésus le Dieu qui riait* est très rigolo. Didier en fait un Dieu sympathique.

Il est bien loin du Dieu de ma jeunesse. À douze ans, je demandais pardon à Jésus quand je me masturbais. Je croyais que c'était mal de se donner du plaisir. Que c'était peut-être à cause de moi que ma mère buvait. Je mettais la main sur la Bible et je demandais à Dieu de m'aider à ne plus pécher. Aujourd'hui, je sais que l'éjaculation quotidienne diminue les risques du cancer de la prostate. Alors je me masturbe deux fois par jour, le matin et le soir. Par souci de prévention.

Mais c'est à l'hiver de mes seize ans que j'ai vécu ma période que j'appelle *heavy Jésus*. Le soir, j'ouvrais toute grande la fenêtre de ma chambre et je m'agenouillais nu sur mon lit, les bras en croix pour prier. C'est à cette époque que j'ai lu *Le château intérieur* de sainte Thérèse d'Avila. Dans ce livre qu'elle a écrit en 1577 à la demande du Père Gratien, Thérèse compare l'âme à un château qui renferme de nombreuses demeures, les unes en bas, les autres en haut et d'autres sur le côté. Enfin, au centre se trouve la principale demeure, où se passent entre Dieu et l'âme les choses les plus secrètes. L'âme, de l'intérieur vers le centre, contient sept sortes de demeures. Quand l'âme commence à entrer en elle-même, elle peut, avec les grâces ordinaires, ses propres efforts et sûrement beaucoup de volonté, pénétrer dans les trois premières demeures, mais les bêtes venimeuses (démon, imagination, etc.) qui rôdent aux alentours s'y faufilent avec elle (spécialement dans les deux plus basses). À partir de la quatrième demeure, c'est Dieu seul qui l'y introduit par des voies surnaturelles.

Quatrième demeure = la quiétude (l'âme respire Dieu)

Cinquième demeure = l'union (Dieu visite l'âme et lui réserve l'entrevue avec l'Époux céleste)

Sixième demeure = les fiançailles mystiques (là se réalisent les douloureuses purifications, puis les hautes faveurs : appels distincts, paroles intérieures, ravissement, visions imaginatives et intellectuelles, extases)

Septième demeure = le mariage spirituel (l'âme devient un même esprit avec Dieu)

Je n'ai rien compris. En plus, chaque demeure comporte plusieurs pièces. Il y a de quoi s'y perdre. C'est qu'elle est compliquée Thérèse. Moi, je préfère le Dieu qui riait de Didier Decoin. Par contre, je dois avouer que Thérèse a écrit une poésie magnifique!

La poésie appelle mon haïku du jour.

Thérèse
Dans son château
Imbroglio

Il y a quelques mois, j'ai lu *La vie passionnée de Thérèse d'Avila*, mais ici c'est très différent. Il s'agit d'une bande dessinée de Claire Bretécher. C'est très drôle! Vraiment!

Ma période *Jésus freak* n'a pas duré longtemps. L'Église, le pape et son discours, ça c'est toute une imposture. Le pape qui est contre l'ordination des femmes, qui condamne la pilule, le condom, l'homosexualité, alors que je suis convaincu que le clergé est majoritairement gai et probablement impuissant, et ce, dans tous les sens du terme. C'est qu'il se fait vieux le clergé. Oui, toute une imposture...

Ça me fait penser à Ted Haggard, ce *preacher* américain de l'extrême droite, ami de George Bush, qui, lui aussi, condamnait avec véhémence la poésie grecque alors que l'on a découvert qu'il fréquentait, dans le sens biblique du terme cette fois, un prostitué depuis plusieurs années.

Il y a beaucoup d'impostures dans les religions et dans les sectes plus particulièrement. On n'a qu'à penser à Claude Vorilhon, alias Raël. Il dit que lorsque Jésus a marché sur l'eau, c'est parce qu'il y avait dans les nuages, juste au-dessus de la mer de Galilée, une soucoupe volante dans laquelle des Elohim braquaient sur Jésus (fils de Marie et d'un extraterrestre) un rayon anti-gravité. Raël raconte aussi que le déluge fut le résultat d'une bombe plus qu'atomique et que l'arche de Noé était en réalité un vaisseau spatial. Laisser tomber Dieu et embrasser les spoutniks, c'est dingue!

Témoins de Jéhovah, Eckankar, Église adventiste du Septième Jour, Mormons... Tellement d'impostures dans tout ça.

Je reste tout de même ami avec Jésus. En fait, je crois maintenant que Dieu est partout dans la nature. Il s'échappe quand il est le lièvre qui se sauve du renard. Il m'embrasse quand Gros Calin se frotte sur moi. Il est le sabot de la vierge qui pousse au printemps. Il est le vent dans les feuilles. Il est la couleur de l'automne. Il est la neige, le ruisseau, les oiseaux, les nuages... Dieu est tout, un point c'est tout. Mais qui est Dieu, je n'en sais rien. Albert Jacquard dit que Dieu est un vide qu'il faut remplir. Que Dieu a besoin de nous. C'est beau.

Ainsi, nous ne serions pas un don de Lui, un prolongement de sa Divinité, mais c'est Lui qui aurait besoin de nous pour se réaliser. Ce n'est plus «trouver Dieu en nous», mais «Dieu par nous». Est-ce que cela change l'orientation de la foi?

De toute façon, je crois que la foi n'a pas d'orientation.

Je voudrais écrire encore cinq pages, mais je suis flagada. Un joli mot tout de même flagada. On dirait que c'est espagnol.

7 mai (samedi)

C'est très rigolo de se prendre pour un écrivain. Il m'arrive de jouer le jeu. Je me précipite sur mon cahier pour écrire, pour décrire parfaitement l'instant. Avec l'impression que si je ne le fais pas tout de suite, je ne pourrai plus retrouver l'idée qui, telle une muse, vient de me transpercer l'esprit, l'âme, le cœur.

Il est déjà trop tard, les mots me glissent entre les doigts.

* *
*

La journée a été bonne, sans plus. Les pages tournent dans le vent, ma vie passe comme du vent, moi je regarde et j'attends. Je t'attends.

La souffrance de l'absence de Lou m'est presque jouissive. Comme si dans la douleur, à un certain moment, on pouvait tout toucher, tout lire, tout dire, tout ressentir, la vie, la mort et l'infini.

Les idées viennent et partent de ma tête, sans que j'y puisse rien. Encore un temps de verbe qu'il faudrait que je *vérifiasse* ou *vérifise* dans le Bescherelle.

Une lune quelque part
La nuit partout
Privée d'étoiles

Incroyable! Inimaginable! Inouï! Ce matin, je suis allé dans mon arbre. J'ai vu qu'il y avait une Jaguar noire stationnée chez Prospère et Séverine alors que tous deux sont absents jusqu'à demain. Je suis descendu de ma perche et je suis allé dans la cour pour espionner. J'ai rampé jusqu'aux grandes fenêtres comme un chat. C'est Gros Calin qui m'a montré comment faire. Dans le solarium, j'ai vu Narcisse en train d'embrasser un autre homme. C'est là que j'ai compris que Narcisse n'était ni le gigolo de Séverine, ni homosexuel ou bisexuel. Narcisse est *argentsexuel*. Je crois qu'il bande sur tout ce qui a du fric. C'est un profiteur, un escroc.

En voulant quitter la scène pastorale, j'ai malheureusement trébuché sur le barbecue qui a fait un bruit infernal. Narcisse m'a sûrement vu alors que je me sauvais chez moi, car il est venu me voir cet après-midi. Il m'a dit que si je racontais quoi que ce soit à Séverine, que j'allais le payer pour le reste de mes jours. Puis, il m'a balancé un gros sac de pot, me disant que si j'en voulais d'autre, je n'avais qu'à lui faire signe.

Un ex-policier de l'escouade des stupéfiants. Une autre jolie imposture. Non, ça c'est de la véritable corruption.

Je ne prends pas de drogue. Plus depuis mon épisode où je priais nu sur mon lit en plein hiver.

Demain, je vais voir Lou. Enfin! Tantôt, j'ai pensé à une super belle phrase, mais je ne l'ai pas écrite et maintenant je l'ai oubliée. Tout tourne si vite, demain lundi, jour de Lou. Je me demande si je vais être capable de finir cette page. Je ne sais pas quelle heure il est. Je n'ai pas soupé. J'écoute de la musique que je n'écoute pas. Je vais bientôt m'écraser sur le sofa, le cerveau à off! Ne plus penser, rester là, inerte devant l'écran à t'attendre. Mais demain, c'est lundi. Demain lundi. Demain, c'est lundi, jour béni.

Rêve et réalité
Se mélangent
L'après-midi se recueille

9 mai (lundi, jour de Lou)

Lou. Parfois, il y a une, deux, peut-être sept secondes de silence entre nous, sans musique, sans vent dans les feuilles. Nos regards restent suspendus l'un à l'autre, dans un malaise, dans une éternité. Je baisse les yeux, Lou dit quelque chose et la vie recommence. J'aime ces silences où Lou est toute à moi, où je suis tout à elle.

Je voudrais écrire partout, sur tous les murs, les papiers, les surfaces, graver sur toutes les tables de pique-nique, écrire avec de grosses craies dans la rue... Écrire tout le temps que je t'aime.

Accueillir le miracle de chaque jour. Le ciel est presque totalement bleu. Une faible brise danse dans le févier. Elle passe dans les manches de mon t-shirt, glisse sous mes aisselles et me rafraîchit tout le corps. Comme tes lèvres si elles jouaient sur moi. Depuis une semaine, je vis dans une fine brume. Elle couvre mon regard, mes pensées. Je crois qu'elle teinte un peu tout.

Lou, mon loup adoré, comme dirait Apollinaire. Avec tes yeux parfois verts, parfois bruns. Parfois couleur de dunes. Quand je parle de dunes, je parle de belles dunes de sable avec du ciel bleu et tout et tout. Faut visualiser! Donc, tes yeux Lou. Tes yeux couleur de cathédrales. Tes yeux couleur de papillon. Le regard de Dieu.

*   *

*

J'aime écrire maintenant. C'est maintenant comme manger, comme dormir. Que vais-je faire quand j'aurai terminé ce cahier, que je l'aurai enterré? En commencer un autre que personne ne lira? Que je brûlerai ou déchirerai? Déchiqueter est aussi un mot intéressant si l'on pense à l'image qu'il évoque. Je me vois déchiqueter un livre. C'est tout un travail puisque l'on a inventé des machines pour le faire, une déchiqueteuse. C'est beau de voir ça fonctionner. Tiens, je te passerais bien dans une déchiqueteuse, ma Lou adorée.

Une idée folle me vient tout à coup. En tuant Lou, je tuerais le désir. En gardant une mèche de ses cheveux, elle serait à moi pour toujours!

* *
*

Je suis assis sur le sofa, ce livre sur mes genoux. Mon cerveau divague. Je perds le fil du temps. J'ai mal à la tête, entre les deux yeux. J'ai mal au cœur. J'ai mal au corps aussi. Je suis possédé par mon loup-garou.

Je sens les pages de mon cahier. Respirer dans le soleil. Respirer plus loin que la lune, les rêves et l'éternité. Pour te sentir enfin.

Le bouleau danse dans le vent. J'écoute de la musique de la Transylvanie. Dagobert vient me dire bonjour. Elle monte sur moi. Elle me sent partout. Elle tourne en rond, me piétine le ventre avec ses pattes de devant, puis elle s'écroule sur moi en ronronnant. Elle se transforme en bouillotte. Je laisse mon cahier pour un moment.

Plus tard

Tout glisse, m'échappe. Donnez-moi du vin en intraveineuse pour que je parte plus loin que mon rêve.

Je continue à vider des plumes. Bon, je sais que plume n'est pas le mot approprié et que je devrais dire stylo, mais j'aime bien le mot plume. Comme une plume d'oiseau. Cela devait être charmant, jadis, de tremper une plume dans un encrier.

Je vais dormir bientôt. Je vais dormir avec toi et les fleurs du printemps. Je vais dormir dans les épines de pin, soûl de soleil dans le ciel bleu. Je vais dormir à tes côtés, mon amour. Je vais dormir dans un pré, les pieds dans un ruisseau. Dormir dans tes bras, l'arc-en-ciel, la lumière.

Nuages bleus
Ciel jaune
Crépuscule

10 mai (mardi)

Je passe encore l'avant-midi dans mon arbre, mais Lou ne passe jamais devant les fenêtres. Cependant, j'ai pris de très belles photos d'oiseaux avec mon appareil numérique. Je vais les regarder à l'écran et essayer d'identifier les espèces que je ne connais pas en cherchant dans mon livre d'ornithologie.

Je prends toujours mon appareil quand je vais dans mon arbre. Parfois, je photographie des levers de lune, parfois des nuages, parfois même des papillons ou des champignons sur le chemin du retour.

Un jour, j'ai photographié dans le ciel un mariage de bernaches.

Je ne peux pas écrire. Gros Calin marche sur mon cahier, me donne des coups de tête, se frotte les joues sur mon stylo pour finalement se coucher au beau milieu des pages. Je laisse la plume pour le caresser.

* *

*

«Je dan-dan-dan-danse dans ma tête.» Je danse avec toi et je te déshabille en te léchant partout. Toi, étonnée, tu te laisses faire et enfin tu découvres l'amour, car avant moi tu n'avais rien vécu. Rien connu. Avant moi, tu avais cru, mais maintenant tu sais, car je te fais tout, je te donne tout, je deviens tout, je te prends toute.

Parmi les milliers de chansons d'amour de l'histoire, aucune n'est assez forte pour nous. Brel, Aznavour et les autres qui écrivent mieux que moi n'ont pas su dire comment je t'aime. Combien tu me manques. Alors, j'écoute *Cœur de loup* et je danse encore, mais seulement dans ma tête.

Lou. J'ai une faim de loup. Lou, te regarder comme le loup blanc entre chien et loup et marcher à pas de loup par un froid de loup pour tomber dans la gueule du loup.

11 mai (mercredi)

Je vis à côté de moi depuis deux jours. Mon loup reste caché. Ce soir, il partira jusqu'à lundi prochain. J'ai les yeux fermés. Je regarde dans le vide. Je ne vois ni le ciel, ni le jour. Je ne vois rien. Je ne me vois même pas vivre cette fausse vie. Chaque matin, la même chose, chaque soir le même désir. Je suis ailleurs sans y être non plus. Je suis dans le vague, dans la brume. Le brouillard a tout pris autour de moi. En plus, il pleut dehors.

Canard de roche
Immobile.
Sous la pluie

Comme une âme qui danse dans le temps, qui danse dans le vent, par beau temps et par mauvais temps, dans le soleil, dans les tempêtes, par orages et par jours de fête, je t'attends.

Et quand tu n'es pas là, c'est comme un cimetière en moi.

12 mai (jeudi)

La nuit dernière, j'ai rêvé de Lou! C'était magnifique! Je la touchais, je la regardais, je l'admirais, je la désirais. Le rêve a duré longtemps. Ce matin, je me suis fait une nouvelle liste de lecture dans mon ordinateur que j'ai nommée Course. Ensuite, j'ai synchronisé mon iPod. Quelques minutes plus tard, je suis allé jogger avec de la musique dans le corps : *Can't Get You Out Of My Head, Love me Love moi, Regarde comme c'est beau, Raide dingue de toi, Si tu m'aimes, On va s'aimer, Comme j'ai toujours envie d'aimer* de Mitsou, «Comme tu es belle quand tu es nue. Je sens mon corps sur ton corps. J'ai envie de te faire l'amour». La version originale de monsieur Hamilton est bonne aussi, mais elle est moins appropriée pour la course. Je pensais voler sur *Femme like U* de K-Maro. Mes pieds ne touchaient presque plus terre. Le ciel, les nuages et te voir dans quatre jours si je ne compte pas aujourd'hui...

J'ai couru trente-quatre minutes vers toi Lou, puis la musique s'est arrêtée. Je suis revenu à la maison en marchant, en écoutant le chant des oiseaux, en savourant le lever du soleil, en pensant à toi.

Quand je te vois Lou, je suis incapable de te regarder entièrement, tellement je t'aime. C'est comme baisser la tête devant Dieu. Pourtant, je capte tout ce que je peux, souvent à la dérobée, pour te garder pour toujours si un jour tu devais partir.

Tout est parfait : tes yeux, ton regard, ton nez et tes petites oreilles. Ta peau, tes sourcils... Tout. Même ta bouche, bien qu'elle bénéficierait d'un petit travail d'orthodontie, m'est plus que savoureuse.

* *

*

Il est maintenant 17 heures 18. Je suis allé au centre commercial pour me procurer des haltères. Au retour, je me suis longtemps regardé dans le miroir en changeant de t-shirt au moins trois fois, en prenant des pauses, en me changeant encore. Restant devant la glace, à me travailler un regard, un sourire.

13 mai (vendredi)

Je suis allé chez Prospère et Séverine ce matin. J'ai fouillé en catimini dans leur liste de numéros de téléphone qui se trouve dans la cuisine. J'y ai trouvé le numéro de Lou. Je suis revenu à la maison et j'ai téléphoné chez elle en cachant la provenance de l'appel grâce à *67! Lou a répondu. J'ai raccroché. Mon cœur battait très vite.

Vers onze heures, on a sonné à la porte. J'ai pensé, espéré, prié pour que ce soit Lou. Mais non! C'était une dame qui se nomme Lianne.

(Mon jeu où j'imagine les gens jouir : il est évident que Lianne est une jouissive. Une épicurienne. Dans ses yeux, je vois qu'elle aime les vacances et les voyages. Elle aime le bon vin et les amis. Lianne a un beau sourire. Je vois aussi que dans sa tête il y a une maison bleue à Saint-Hippolyte en Alsace… Je la rejoins là-bas, à Saint-Hippolyte dans sa tête…)

Lianne cherchait des commanditaires, car elle s'est inscrite à un marathon dont les fonds serviront à lutter contre le cancer. Elle a une amie qui combat la maladie. Et Lianne aime tellement la vie. Elle veut combattre comme son amie en courant contre la maladie. Je le vois dans ses yeux. Je l'ai encouragée. C'est important de lutter contre le cancer et l'alzheimer et la sclérose en plaques. Il faut aussi lutter contre la fibromyalgie. Les médecins ne croient pas en cette maladie alors les malades sont très dépourvus et ils se font souvent flouer par leur compagnie d'assurances. Les compagnies d'assurances, ça c'est le top de l'imposture !

En ce moment, c'est Dagobert qui lutte contre les vilaines maladies. Elle fait un *ronrothon* couchée sur le sofa du salon. Je l'encourage en la commanditant de 30 becs. J'ai donné 30 dollars à Lianne.

Des maisons vertes, jaunes, ocre, sable
Des toits rouges et des ciels bleus
Le paradis n'importe où

14 mai (samedi)

Je suis assis à la table de la cuisine. Il y a un chat sur le mur, *Le médaillé* de Clémence. J'ai acheté ce tableau à la galerie Le Portal, rue du Petit-Champlain à Québec. La dame qui me l'a vendu s'appelait Joselyne. Elle était très gentille. Elle m'a demandé si j'aimais Clémence ou les chats ou les deux. Elle avait une voix assez grave et un magnifique sourire. Ce qui est bien, c'est qu'elle riait beaucoup. J'aurais aimé devenir son ami.

J'aimerais bien être l'ami de Clémence aussi. Je pourrais lui envoyer une carte de fête. Je crois que son anniversaire est le 23 novembre. J'ai entendu ça un jour à la radio, à l'émission de

Monique Giroux. Elle est veinarde Monique, car elle connaît bien Clémence. Elles sont des amies.

Je laisse le stylo et je vais écouter *Plus folle que jamais*, car ce disque me fait beaucoup rire et j'ai bien besoin de rire aujourd'hui. Ah! Clémence, tu es drôle, tu fais de beaux dessins et tu as composé de grandes chansons. C'est peut-être pour moi que tu as écrit «Pour imaginer mon allure / Pensez à novembre sous la pluie /. Et pour l'ensemble de ma tournure / Au plus long des longs ormes gris».

15 mai (dimanche)

Je lis *Capitale de la douleur* de Paul Éluard. C'est une belle poésie. J'écoute de la musique : Saez, Edgar Bori, Moran, Catherine Durand, Raphaël, Jérémie Kisling… J'attends Lou.

Je t'attends Lou.

16 mai (lunes)

Lou me donne le goût d'être bon, généreux. Comme si je découvrais quelque chose en moi que je ne connaissais pas. Elle me donne l'envie de sourire. Elle me donne le goût de me lever le matin, de chanter, de danser. Elle me redonne la vie. C'est fou. C'est sûrement plus qu'une âme sœur. C'est quelque chose de spirituel. Je crois que notre rencontre était prévue depuis la nuit des temps. Pourquoi? Je suis fou d'amour, d'un amour chaste. Quand Lou n'est pas là, je me demande ce qu'elle fait. Écoute-t-elle la radio comme moi? Lit-elle le même livre que moi? Je pense à tout ce qui pourrait nous unir quelque part dans le cosmos.

Quand elle n'est pas là, c'est comme s'il y avait moins d'air à respirer. Même mon corps n'est pas le même. Si Lou est présente, je me tiens droit, le dos large alors que je suis tout courbé quand elle est absente. Mais tout cela est à peine perceptible. Il faut être dans mon corps et peut-être dans ma tête pour le ressentir.

*　*

*

Tressaillir
Lentement
Devant toi

*　*

*

Lou semblait très en forme cet après-midi. Quand elle a eu terminé le ménage, je lui ai demandé si elle avait le temps de prendre une tasse de thé. J'avais même fait un gâteau. Elle a refusé en s'excusant. Séverine l'attendait pour lui donner ses ordres sans doute. Il faut que sa maison soit *spic and span* (je pourrais aussi dire proprette, mais je n'aime pas ce mot, alors que j'aime beaucoup le mot engoulevent qui ici n'a aucun rapport, car l'engoulevent est un passereau au plumage brun-roux. À l'origine, ce mot signifiait «qui avale goulûment le vent». C'est magnifique!). Jeudi auront lieu les funérailles de Mamie. Après la messe et la visite au cimetière, Prospère et Séverine recevront la famille et les amis.

Quand Lou est partie, j'ai tout de suite téléphoné chez elle. Dieu soit loué. Elle n'a pas de boîte vocale de Bell, mais un bon vieux répondeur avec sa propre voix : «Bonjour, vous avez fait le 555-6969» (je n'écris pas, bien sûr, son vrai numéro, car je le garde en secret. On ne sait jamais, quelqu'un pourrait essayer de me voler mon amour). Bon je reprends : «Vous avez fait le 555-6969. Je ne suis pas là pour le moment, mais laissez-moi un message et je vous rappellerai dès mon retour. Bonne journée.»

J'ai téléphoné chez Lou 16 fois pour entendre sa voix. Seize fois parce que nous sommes le 16 et je me suis dit que cela me porterait chance. Je n'ai pas laissé de message. Si je l'avais fait, je me demande si elle me rappellerait comme elle me le promet sur son répondeur.

Je vais écrire une autre page, en hommage, en aumône. Je reste devant mon cahier en cherchant encore le mot. Le mot de plus, le mot qui dirait tout. Qui dirait combien je t'aime. Rires, soleil et plages de sable. Ciel encore et toujours bleu. Tes yeux de mer, de vagues, d'hier. La vie fragile et forte. De partout, des rires. De partout, je les sens. Je respire mon cahier. J'aime ton odeur, Lou.

Les yeux à gauche, à droite, je regarde dans le vide, dans la nuit et dans l'au-delà. Dans ce que l'on croit être le vide, il y a tellement de choses.

17 mai (mardi)

J'ai passé toute la matinée caché dans la bibliothèque de Séverine et Prospère en espérant le passage de Lou. À 10 heures 14, Séverine est venue faire un appel. Je le sais, car il y a une petite lumière sur ma montre-bracelet. C'est pratique une lumière dans le noir. Elle a téléphoné à Narcisse. La conversation était très houleuse. Séverine a raccroché en lui criant : «Il n'en est pas question.» Elle a quitté la bibliothèque en répétant : «Ah! le salaud, le salaud!» Elle aurait pu dire aussi : «Saligaud» ou «Ah! le salaud salace» ou «Sale saligaud lubrique de mes fesses!»

À 11 heures 27, Lou est entrée dans la pièce. Dans le noir de ma cachette, je devinais ses moindres gestes. Lou a épousseté le grand pupitre, la table d'échecs, le piano. Elle a enlevé la cendre dans l'âtre du foyer — de la cendre dans le foyer au mois de mai? Sans doute que Séverine et Narcisse ont eu des ébats amoureux devant l'âtre hier soir… Elle a passé l'aspirateur. Lou a quitté la pièce pour quelques instants puis elle est revenue pour astiquer les fenêtres. Je la sentais… Tout près… Je devinais ses pas… J'étais bien caché en petite boule, je respirais à peine, car elle était là, près de moi.

Quand je suis revenu à la maison, j'ai donné plein de becs à Gros Calin et nous avons joué à cache-cache en écoutant un disque de Sylvain Cossette. J'aime beaucoup Sylvain. Je trouve qu'il a l'air gentil. En plus, quand il chante, j'entends parfois un ange. Je mets toujours de la musique quand je joue à la cachette avec Gros Nez Noir, car il a les oreilles fines et la musique masque le bruit de mes pas. Gros Balourd Noir ne fait pas de bruit, lui, à cause des coussinets qu'il a sous les pattes.

Dagobert, pendant ce temps, faisait un *dormothon* sur notre lit. Ratipoupoum fait tout ce qu'elle peut pour contrer le cancer.

J'ai téléphoné chez Lou pour encore entendre sa voix. Ou entendre sa voix encore une fois. Ou pour l'entendre. Encore. Je voudrais remercier Bell d'avoir créé *67.

La vie est presque belle. Je vois parfois de la lumière un peu plus loin. Juste un peu plus loin. Peut-être demain, je ne sais pas. C'est peut-être pour ça que Dieu a créé l'espérance.

Je pense que ce qui fait mon charme, c'est que je crois encore aux miracles!

Lou, tes lèvres comme des montagnes, tes oreilles en arpège, tes cheveux échevelés, tes yeux... Encore tes yeux que je ne peux décrire. Je voudrais me perdre dans ton regard et ne plus jamais me retrouver.

Le visage n'est pas symétrique. J'ai souvent joué à ce jeu dans le miroir : je cache la moitié de mon visage et je vois de quoi j'aurais l'air si la partie qui est sous ma main était la symétrie parfaite de la partie découverte. Ça fait de drôles de faces! Toi, Lou, si je divise ton visage en deux, tu as un œil triste et l'autre mystérieux.

Je viens tout juste d'arriver du dépanneur où je suis allé acheter du lait. À la caisse, j'ai vu un magazine avec Martin Deschamps en page couverture. Il tenait sa petite fille dans ses bras. Elle s'appelle Lou. J'ai tout de suite pensé à loup des champs. C'est joli. Cependant, Lou ne porte pas seulement le patronyme de Martin. Elle a également celui de sa mère au milieu.

Si j'avais les patronymes de Séverine et de Prospère, on pourrait m'appeler Boris Champagne Yen ou Boris Bordeaux Cash comme Johnny Cash ou encore Boris Jin Fryk comme du gin et du fric ou *The Frick Collection* de New York. Collection qui, soit dit en passant, est très impressionnante, tout comme la maison de ce monsieur Frick.

C'est *Casanova* qui joue sur la chaîne audio. J'aimerais bien être comme cet Italien, collectionneur de conquêtes amoureuses. Mais moi, ma seule conquête, ce serait Lou. Elle serait dans mes bras. Toujours. Elle prendrait tout l'espace. Il n'y aurait pas de place pour un autre amour.

* *
*

Prendre un bain chaud
Dans une forêt de vols d'oiseaux
Un matin de printemps

Il me faut m'activer maintenant. Je dois faire la lessive et repasser une chemise et des pantalons noirs. Séverine a laissé un message sur mon répondeur pour que je sois tout de noir vêtu pour les funérailles de Mamie. Protocole exige. Il ne faudrait pas que je gâche la cérémonie en faisant une bévue. La pauvre orpheline a même engagé ses designers pour décorer l'église. Le tout doit être parfait, non pas pour Mamie, mais pour les apparences.

Je vais maintenant écouter l'album *Intense* de Martin, car je crois que demain sera une journée assez intense.

Je n'ai pas vu Lou aujourd'hui. Je respire mon cahier pour la sentir près de moi.

*   *

*

Plus tard

Je suis devant la télévision, mon cahier sur les genoux. Pour retenir les mots qui prennent un x au pluriel, Muriel nous avait enseigné une comptine : viens ici mon chou, mon joujou, mon bijou, viens t'asseoir sur mes genoux et lance des cailloux à ces hiboux pleins de poux.

La zapette dans la main gauche, je passe de Radio-Canada à TV5 à Musimax… Je m'arrête sur Musique Plus, devant le nouveau vidéoclip d'Eva Avila, la première Québécoise à avoir remporté Canadian Idol. Eva est belle. Elle ressemble à Lou, mais en plus jeune. Je me demande quel âge peut bien avoir Lou. Trente-deux, trente-cinq ans peut-être. Un peu plus? Je ne sais pas.

De toute façon, l'âge et le sexe importent peu en amour.

«Ne laisse pas passer, la chance d'être aimé. Le cœur devient moins lourd, quand on est en amour», dirait Patrick Norman.

19 mai (jeudi)

Funérailles grandioses dans une chaleur torride. Grandioses, car Séverine avait exigé d'avoir toute la chorale de la cathédrale. Une chorale constituée exclusivement de voix masculines. Comme dans le *Requiem* de Cherubini que j'écoute entre chien et loup. Grandioses, car le prêtre a fait une très belle célébration. Il s'appelle Bernard. J'étais tellement ému à la fin de la messe que je suis allé lui dire merci. Bernard m'a pris dans ses bras. Je ne me souviens plus de la dernière fois que quelqu'un m'a pris dans ses bras. Je crois que Bernard est devenu mon ami.

Bernard doit avoir autour de soixante ans. Dans ses yeux, on voit qu'il a presque tout vu! Il n'a pas besoin de voir le reste, car il sait maintenant... Puis de toute façon, personne n'a le temps de tout, tout voir dans une vie. Sauf peut-être cette dame que je croisais parfois quand j'allais visiter Mamie. Elle avait 97 ans. Elle disait qu'elle allait vivre pour toujours, car elle n'avait plus d'âme. Dieu ne pouvait donc plus venir la chercher. Dieu l'avait oubliée...

S'il y avait plus de gens comme Bernard, il n'y aurait pas de guerre. S'il y avait plus de prêtres comme Bernard, les églises seraient pleines.

Arrivé au cimetière, j'ai tout de suite pensé à *Six Feet Under* et je me suis mis à chercher Mamie partout. Était-elle assise sur une pierre tombale en train de fumer une cigarette tout en pensant : «Hé! Ça fait un mois que je vous attends.» Était-elle cachée derrière un arbre à nous espionner? J'ai regardé partout. J'étais certain qu'elle avait un message pour moi. Je ne l'ai pas vue. À un moment, j'ai fermé les yeux pour entendre sa voix, mais je n'ai rien entendu. C'est peut-être à cet instant précis, quand j'avais les yeux fermés, que Mamie nous est apparue, et personne ne l'a vue.

Le ciel est extra bleu. C'est chaud le noir au soleil.

Après l'enterrement, Séverine et Prospère reçoivent une centaine de personnes à la maison. Là, il y a deux violoncellistes qui jouent dans le grand hall. Des hommes déguisés en pingouins servent des canapés et offrent des verres de vin. D'autres clowns, une bouteille de blanc dans la main gauche et une rouge dans la droite, remplissent les verres des invités qui papotent dans la bibliothèque, les salons, le solarium. Dans la salle à manger quasi rococo, l'immense table est pleine de bouffe. Encore ici, des pingouins pour vous servir...

Je regarde Prospère et Séverine qui jouent le jeu encore une fois, pour qui, pourquoi, je ne sais pas. Je pense qu'ils sont de grands comédiens que Cannes n'a pas encore reconnus. Séverine pleure pour la galerie. Je crois qu'elle a déjà quelques verres dans le corps. J'en ai marre de ce décor de carton-pâte. Je rentre chez moi.

Je vais aller dans le jardin. Le jour tombe, il me semble. Généralement, quand on tombe, ça fait mal. Moi, j'ai toujours mal quand le jour tombe comme aujourd'hui.

*   *

*

J'ai des larmes dans le ventre. Elles sont loin, si loin. Trop loin pour remonter jusqu'à mes yeux, mais je les sens, là-bas, au fond de moi.

Je tombe. Je vais dormir.

La chute continue.

À 10 heures, je suis dans le jardin. Prospère arrive en marchant. C'est étrange, car ses visites sont rarissimes. Il est venu pour me dire que désormais Lou ne viendra plus chez moi. Qu'elle ne travaillera que deux jours par semaine, et qu'elle sera exclusivement à leur service. Que j'ai 26 ans. Que je suis capable de m'occuper de ma maison… Que… Que… Que… Je n'écoute plus. Le gouffre s'ouvre. Un puits sans fond. Je tombe. Prospère parle. Je n'entends plus rien. Il continue de parler. Je tombe toujours. Tout à coup, Prospère se lève et j'entends : «Je dois prendre un avion pour Vancouver.»

10 heures 44. Je tombe encore. On m'arrache Lou. Alors toute la maison va crier ma peine. Je mets le volume très fort et je fais tourner des disques et le fer et le couteau dans la plaie. *Ne me quitte pas* bien sûr, et toutes les versions que je possède : Brel, Nina Simone, Natacha Atlas, Daniel Guichard, car sa voix est si triste. Alors je pleure, je pleure beaucoup. Pendant trois minutes peut-être. C'est long trois minutes quand on pleure. Ça fait tellement mal. Danielle Oddera, Nanette Workman, Mario Pelchat, Particia Kaas

(version anglaise), mais c'est moins bon, car elle traduit *Ne me quitte pas* par *If you go away*. Le *If* fait toute la différence. Hugues Aufray, Faudel, Sting. Il y a la version allemande aussi interprétée par Eva, mais pas la *Canadian Idol*. Eva, la chanteuse Eva. En allemand, c'est très beau, car je ne comprends rien et je peux ressentir toute ma douleur. Je me remets à pleurer. Au début, les larmes coulent lentement, mais à la fin, je m'étouffe dans mes sanglots.

Mes larmes se mélangent, Mamie, Lou, ma vie tout à coup.

Tu peux pleurer de Martine Mai.

Midi douze. La chute continue. *Je l'aime à mourir* de Cabrel. *Une peine d'amour* de Jean-Pierre Ferland. *Dis-lui de revenir* de Véronique Sanson. *Ce matin* de Diane Juster, car «ce matin, je me suis levé pour rien, j'aurais dû dormir jusqu'à demain». *Dis, quand reviendras-tu?* de Barbara. *Ça ne va pas monsieur* de Philippe Lafontaine. Je pense à Mamie qui m'appelait monsieur. Je pleure encore. *Il n'y a pas d'amour heureux* de Brassens et la version de Marc Gabriel aussi.

13 heures 18. Il n'y a presque plus d'air à respirer, mais il reste plein de chansons à faire pleurer. Anne Sylvestre avec *Faites-moi souffrir*. *La fin de nous* de Paparazzi, *Goodbye My Love* de Léandre et *Goodbye My Lover* de James Blunt. Puis, *I'll Be Missing You,* version de Puff Daddy

et Faith Evans. J'ai mal au ventre. Je n'ai pas faim, mais j'ai une idée pour geler ma douleur.

J'aimais tant l'aimer de Nolwenn Leroy.

Je saute dans ma voiture pour me rendre au dépanneur. J'achète du papier à rouler Zig-Zag. Près de la caisse, juste à côté de la revue où figurent Martin et Lou, il y a le journal *Photo Police*. En grosses lettres jaunes, c'est écrit : «Barbier, rase-moi pour l'été!» Des filles épivardées, photographiées en noir et blanc sur la couverture. (Épivardées est un mot que j'invente et qui veut dire : filles quasi écartelées dans des positions aguichantes.) J'achète le magazine et le journal.

Dans l'auto encore Cabrel avec *Je t'aimais, je t'aime et je t'aimerai*, suivi de *Quand j'aime une fois j'aime pour toujours* de Desjardins que j'écoute en boucle, jusqu'à la maison.

Il pleut. Je tombe toujours. Je t'aime toujours. *J't'aime tout court* de Ciccone.

Dès que j'arrive chez moi, je me roule un pétard avec le pot de Narcisse. Au secondaire, on avait baptisé le pot qui était très fort en THC, de la chaise roulante. Ben là, c'est la chaise électrique! Je me rase le sexe. Pour être *in*. Pour être à la page, pour être dernier cri. *Pour que tu me reviennes* de Lori. *Pour que tu m'aimes encore* de Céline. *Pour vivre ensemble* de Frida Boccara.

J'ai un amour qui ne veut pas mourir de Dany Bédar qui pleure Annie Villeneuve qui chante *Tomber à l'eau*, alors je tombe de plus haut. C'est comme si le vide grandissait par en bas. Va-t'en pas, Lou! *Va-t'en pas* de France D'Amour. «Tout ce monde autour de moi, tout ce monde, mais pas toi. Va-t'en pas, va-t'en pas, laisse-moi pas...»

Je suis assis dans ma chaise électrique et la musique et les mots passent en moi dans une douleur intense.

Je suis malade de Serge Lama et Dalida et Lara. *Without You* de Mariah Carey. Je suis malade without you et je plaide la *Légitime démence* de French B.

Pour amortir le choc qui viendra forcément puisque la chute dure toujours, je m'ouvre une bouteille de vin. «Enivrez-vous», me crie toujours French B dans un texte de Charles Baudelaire. «Enivrez-vous sans cesse de vin, de poésie ou de vertu.» J'ai perdu ma vertu. J'ai perdu Lou. Lou qui me donnait envie d'être bon. Il me reste la poésie et le vin. Et du pot aussi. Alors je pense à Marjo qui chantait dans Corbeau : «Rouler / Rêver / Rouler / J'en ai jamais assez».

Je me roule un autre joint.

Je tombe dans les disques de vinyle. J'ai hérité de toute la collection de Prospère et Séverine il y a longtemps. Le temps est tellement long aujourd'hui. Là, je ne suis plus en chaise roulante, mais dans les montagnes russes de Wonderland. *Qu'est-ce que t'es belle* de Marc Lavoine et Catherine Ringer. *Je pense à l'amour* de Robert Stéfan.

Il me faut sa peau de Belgazou. *J'l'aime encore* de Diane Guérin, alias Belgazou. Elle a sûrement changé de nom parce que le groupe R.B.O. l'avait prise comme tête de Turc. Je retire mes paroles, car il n'est pas *politically correct* de parler contre les Turcs ou les gens qui portent la burka. Lou, je voudrais te garder prisonnière sous une burka. Tu n'existerais que dans mon regard. Reviens, Lou. *Reviens* de Mario Trudel. Je t'aime. *Un million de fois je t'aime* d'Édith Butler. Je vais prendre un autre verre de vin avec Daran : *Saoulé*.

Je bois avec Boris Vian et avec Boris qui écrit ces pages. Un godet de vin de plus et je me transforme en œnologue.

Lou, je t'aimais avant ma naissance. Alors je vais plus loin encore dans le temps et dans le puits où je ne finis pas de tomber. *Avec toi mon amour. Quand tu partiras. J'ai choisi de t'aimer* aussi de Julie Arel. Je crois que Julie a beaucoup pleuré dans sa vie. J'ai choisi de t'aimer quand tu partiras. Il y a des loops dans le rollercoster et Daniel Balavoine me dit *Dieu que l'amour est triste. Comment te dire adieu* de Françoise Hardy. *Sans amour* de Michel Pilon!

J'ai faim. Vite manger. Manger vite, très rapidement, presque goulûment pendant que Whitney Huston hurle *I Will Always Love You*. J'ai toujours appelé Whitney, Huitné non pas parce que j'ai de la difficulté à prononcer son nom, ou parce qu'elle à huit nez, mais il lui faut beaucoup d'inspiration pour pousser des notes comme elle le fait!

Dans le tourbillon de *I Will Always Love You*, j'entre dans un *merry-go-round* infernal. (Parenthèse, je ne veux pas dire carrousel, car je trouve que le mot fait plus cucul, surtout quand on pense à Michel Louvain qui chante «au carrousel d'amour». Cependant, je dois m'incliner avec respect devant Michel puisqu'il dit bien *carouzel* d'amour, car c'est un *s* entre deux voyelles. La plupart des gens font la faute selon le Larousse, mais Marie-Éva De Villers dit que l'on peut le prononcer avec un *s* ou un *z*. Ainsi personne ne fait de faute.)

Ce serait bien un monde sans faute. Ce serait comme le Paradis.

Dans le *merry-go-round* tournent maintenant les cassettes, les CD et les 33 tours. Tout bascule. Aujourd'hui, hier, avant-hier et demain. Je voudrais bien penser à autre chose, mais Fernand Gignac me dit : «On revient toujours aux chansons d'amour. Les chansons, c'est le manège aux souvenirs. Si j'oublie parfois de penser à toi, la chanson n'oublie jamais de revenir».

She's Like The Wind de Patrick Swayze. *Panne d'amour* de Sylvie Paquette, et je chante avec Sylvie «Seul, sans toi, seul / Tout est noir / Pas d'espoir tout est dérisoire / Vis des hauts, vis des bas / J'me perds dans tout ça / Mon amour n'est pas là».

Je prends un *Intermède* encore avec Sylvie et je pleure encore aussi. Ensuite, je lance le lasso avec elle dans un jeu dans ma tête et on pleure ensemble.

Je ne sais plus quelle heure il est. Le ciel est noir. Noir acier, noir charbon. Non, il est plus pâle, je crois. Le ciel est anthracite. Pas si mal pour un daltonien. Il pleut encore, je crois. J'allume des bougies dans le soir. Comme pour une messe, une célébration, un exorcisme.

Je vois Lou qui me chante, dans une image floue possédant une certaine volupté corporelle comme les revenants de *Six Feet Under*, «I'm your lady and you are my man», avec la voix de Jennifer Rush, Laura Branigan, Céline Dion et celle de Martine Chevrier en version française.

Je tourne en rond dans le salon. Nu, les bras en croix. C'est comme une crucifixion. Alors je danse et tourne en rond vers le fond. *Crucified* de Army of Lovers, *La vie est laide* de Jean Leloup maintenant Leclerc, mais moi j'aimais mieux Leloup à cause de Lou. J'aime le *mais moi j'aimais mieux* de la phrase précédente, car ça fait beaucoup de m. *Je t'aime* de 4 say. *Je t'aime* de Luck Mervil. «Je t'aime, je t'aime comme un loup, comme un roi, comme un homme que je ne suis pas» passe dans mon corps. *Je t'aime mal* de Marie Carmen.

Cesse la pluie de Anggun, mais il pleut toujours. *Je t'aurais tant aimée* encore de Luck.

Sadness (part 1 violent remix) d'Enigma. *You're The One That I Want* du film *Grease*. Je voudrais être comme John Travolta. Tiens, un autre de l'Église de la scientologie. Je dis ça à cause de France D'Amour.

Je continue ma course vers là-bas avec *Tomber sept fois* de Mylène Farmer. «La descente est longue», selon Mélanie Treize. Mélanie, c'est la fille de Chantal Pary, mais elle s'est donné un pseudonyme comme patronyme. *Lover Come Back To Me* de Dead or Alive et je me demande pourquoi je respire encore.

Avec *I Miss You So*, je bascule presque dans la folie, mais je me retiens à quelque chose. Je ne sais pas quoi. Ma chaise roulante ou la musique peut-être. «I miss you so-oooooo. I miss you so-ooooo, o, o. I miss you so-o, so-o, so-o-o. I miss you soooooooooo, o, o, o, o. I miss you sooooo OOOOO».

Aimer de Jean-Louis Murat.

Aimer de Véronique Béliveau.

Aimer de Mario Pelchat.

Je voudrais aimer de Zachary Richard.

Aimer de Marilou. Encore le loup. Lou.

Lou, *L'amour est mort, À ton départ, Après toi je n'aurai plus d'amour, Tu me donnes le mal, Stone le monde est stone, L'amour ne dure pas toujours, Le temps s'arrête, Souvenirs de Trois, Have You Ever Really Loved A Woman, Sweet Toxic Love. C'est zéro, On est fait pour vivre ensemble...*

« Aimer, c'est ce qu'y a d'plus beau. Aimer, c'est monter si haut. Et toucher les ailes des oiseaux. »

Aimer d'Amour de Boule Noire. Alors je donne un bec sur la tête de ma Grosse Boule Noire.

J'ouvre une autre bouteille de vin avec *Nelligan* de Michel Tremblay et André Gagnon sur *La romance du vin* de Nelligan. « Tout se mêle en un vif éclat de gaîté verte. Ô le beau soir de mai !… Les cloches ont chanté ; le vent du soir odore… Et pendant que le vin ruisselle à joyeux flots, Je suis si gai, si gai, dans mon rire sonore, Oh ! si gai que j'ai peur d'éclater en sanglots ! »

21 mai (samedi)

Après, je ne me souviens plus de rien. Je me suis réveillé ce matin, couché dans la garde-robe de ma chambre. À cinq ans, je dormais dans ma garde-robe quand j'avais peur. J'avais toujours peur du tonnerre et souvent de Séverine. Le salon est un fatras de disques. Il y en a jusque sur la table de la cuisine. Je suis resté en pyjama toute la journée. Il y avait un message de Philippe sur le répondeur. Il est même venu sonner à la porte, hier, pour aller faire les courses. Hier, vendredi ! Je n'ai rien entendu à cause de la musique. Philippe, lui, a entendu le bruit que faisait la maison.

J'ai mal dans tous les muscles. À cause de la garde-robe et de Lou. Et j'ai un mal de tête carabiné.

Je suis comme un Grand Corps Malade.

22 mai (dimanche)

Écrire seulement. Écrire seulement pourquoi?

23 mai

Il n'y a pas de musique. J'essaie ça pour voir : le silence. De toute façon, il y a toujours beaucoup de bruit dans le silence. C'est pour ça que l'on écoute de la musique, pour ne pas entendre le bruit dans le silence. Le cri qui vient du plus profond de nous.

*   *

*

J'ai pas le goût d'écrire. Plus tôt, je pensais à comment j'étais seul. Comme un clocher. Ça peut être poétique, voire même bucolique un clocher qui se dessine au matin dans un ciel de mai. Mais combien triste le clocher froid et silencieux qui se dresse dans une fin d'après-midi de novembre. Quand le silence est angoissant.

86

Quand la pluie bat aux fenêtres. Quand les nuages sont immenses. Et lorsque tout s'arrête.

Solaar pleure et moi aussi.

Je suis triste. C'est comme s'il y avait quelque chose de brisé en moi. Non, comme si ce quelque chose se brisait de plus en plus à chaque instant. Le gouffre semble sans fond. Je n'ai jamais connu de douleur semblable. Aussi violente, aussi troublante, aussi douloureuse. Maintenant, j'ai continuellement un poing dans le ventre, une boule qui me remplit l'estomac. Je n'ai plus faim. Je n'écoute même plus de musique. La déchirure de la solitude. Je voudrais vomir, dormir, courir et me sauver de moi.

Ne pas rester sur la page blanche. Écrire pour écrire seulement. Toujours aligner des mots sur la ligne. Des mots qui ne veulent rien dire ou qui veulent dire toutes sortes de choses, ce qui revient au même.

Écrire seulement une date.

Ce matin, j'ai vu une corneille à ma fenêtre. J'ai tout de suite pensé à *L'autre* de Mylène Farmer. Sur la pochette du disque, Mylène est couchée par terre avec une corneille sur l'épaule. Elle a l'air d'une morte. J'ai écouté le CD pour voir si l'oiseau ne m'envoyait pas un message. Tout s'est mélangé dans ma tête. J'ai eu très peur.

«Agnus dei qui tollis peccata mundi, miserere nobis, miserere nobis… Si je dois tomber de haut, que ma chute soit lente… Je suis d'une génération désenchantée… C'est la solitude de l'espace qui résonne en nous. On est si seul, parfois… Je souffre en douce… Quand tout est gris, la peine est mon amie, j'ai l'âme humide aussi, tout mon être chavire… It's easy this time to loose my mind. Psychiatric… Il n'y a pas d'ailleurs… Dors en paix, je t'assure. Je veillerai ta sépulture, mon amour… Et si je perds la foi en nous, en tout… Nous souviendrons-nous de nous.» L'album finit avec des bruits étranges. Comme si on était dans les entrailles de l'enfer.

Quand Philippe est venu sonner à la maison, j'étais caché dans la garde-robe de ma chambre.

Ouf! C'était *Bordeline* de Katerine dans mes oreilles ce matin. J'ai trouvé ça trop étrange, alors j'ai choisi une autre chanson au hasard. C'est Ray Lamontagne qui m'a chanté : «Life is long, my love is gone away from me». Je crois que mon iPod a des pouvoirs magiques. Il a des perceptions comme Mamie juste avant sa mort.

29 mai

Je suis allé me perdre dans les centres commerciaux. J'ai regardé tous les gens dans les yeux. Je cherchais ton regard, je pense.

Je voudrais arrêter tout ça, mais la force centrifuge du *merry-go-round* de l'enfer est trop forte.

Écrire dans la nuit, dans le noir, dans le désespoir. Écrire seulement, même si j'ai mal en dedans, même s'il n'y a plus de vie en dehors, même s'il n'y a plus de temps, de soleil, de lumière. Écrire dans l'absence. Écrire dans le vide.

Le chant des oiseaux
L'envol lent d'un corbeau
Dans les nuages et le vent

Je suis dans ma pénombre. Je vogue dans le brouillard. Le ciel est si pâle, si faible. Je voudrais me tapir dans la garde-robe pendant 48 heures et en ressortir transformé.

Je crois qu'il ne restera rien à la fin d'aujourd'hui. Il me semble que ma vie n'est qu'une longue suite de jours vides.

Je lis *Noir, tendre, blanc*. Du moins, j'essaie de lire. J'essaie d'écrire aussi.

Juste laisser rouler le stylo sur la feuille en suivant les lignes rouges du papier. Laisser rouler comme on se laisse tomber dans le sommeil. La seconde où l'on bascule de l'autre côté. Où plus rien ne fait mal.

L'ombre du poirier avance
Le soleil descend
L'après-midi s'égare

31 mai

Ce matin, j'ai arrosé les plantes et nourri les chats. Il me reste quelques gestes routiniers qui me raccrochent à la vie.

Mon cerveau s'est liquéfié. Je ne pense à rien. Je change d'idée. La plume ne sait plus où donner de la tête. Elle roule, comme ça, vers nulle part.

Il y a beaucoup de gris dans le ciel. Il en reste aussi dans mon regard.

Premier juin

En juin
Marcher sur l'herbe
L'hiver au cœur

2 juin

Pluie. Le jour se mélange. Matin, midi, soir. Mai, septembre, novembre chantent en moi. Juin, juillet, août pleurent en silence. Un coup de vent qui vente longtemps. Tu restes là, tellement présente dans ton absence.

Respirer mon livre. Sentir ton parfum et me coucher sur toi. Te respirer, te sentir, t'aspirer. Lover ma tête dans ton cou et rester là pour toujours. Une seule fois pour toujours.

Écrire seulement. Enlever mes yeux pour ne plus pleurer, pour dormir, pour ne plus voir la vie que je ne veux pas voir.

Et je vogue d'aujourd'hui à la semaine prochaine en cherchant Lou dans mon arbre. Je ne compte que le temps passé avec elle. Le reste du temps est vide.

Gros Calin et Dagobert sont très gentils avec moi. Quand je m'allonge sur le lit, Dago vient toujours se coucher sur mes jambes et Petit Vampire s'installe en boule sur l'oreiller, tout près de mon cou pour me protéger si un autre vampire voulait me mordre.

Les chats me font des câlins. Ils me disent qu'ils m'aiment.

Je pensais écrire autre chose, mais voilà que la plume s'emballe et qu'elle écrit toute seule. Je ne suis plus là. Je suis comme au-dessus de moi-même et je me regarde vivre. «Ne plus rien espérer», dit Lili Fatale.

Le ciel est très bleu, le jardin est très beau, mais j'ai mal. Je voudrais écrire sans arrêt pour calmer la douleur. Écrire toute la journée, toute la nuit et finir ce cahier. Au matin, aller l'enterrer pour en finir avec Lou avec moi avec tout ça. Oublier tout.

J'ai effacé de mon iPod la liste de lecture baptisée Course. Je n'irai plus jogger. Je l'aurai fait une seule fois, avec toi Lou. Je m'en souviendrai toujours. Je suis allé donner mes haltères à l'Armée du Salut.

Et moi, j'ai beaucoup besoin de Salut.

Une étoile
Dans la nuit
Du jour d'aujourd'hui

6 juin

Je n'ai rien à faire et je suis assis devant ce cahier qui m'appelle, qui m'obsède. Le jour est presque beau. J'effleure parfois, un court instant, une parcelle de l'infini. Alors il m'arrive de penser que j'ai sûrement été heureux quelque part dans le temps, ne serait-ce qu'une minute. Et je cherche cette minute. Il ne reste que des secondes. Ce sont elles qui parfois se jettent sur moi et me laissent bien l'instant d'un respir... Comme soupir.

Je trouve que respir est un mot qui manque dans la langue française et je voudrais ici combler cette lacune.

Le ciel est gris, mon âme aussi. Alors, j'attends que le temps passe. J'ai appris ça en grandissant. Attendre que le temps passe...

Se lever, tourner en rond et revenir à la chaise. Comme un esclave, comme un bourreau. Reprendre le stylo et continuer de remplir ces lignes qui mènent vers je ne sais où. Enlever ses souliers pour être libre. Il est, je ne sais plus quand. Je dors peut-être. Peut-être pas, et la vie que je regarde est peut-être la mienne.

Les mains jointes
Dans la terre
De tes mots

Aujourd'hui, il faisait beau pour la majorité des gens. Trente-deux degrés, un ciel sans nuages. Pour moi cependant, le temps était couvert. Je suis allé dans mon arbre pour voir si Lou y était.

Si mon loup y était, il me mangerait!

Séverine et Narcisse étaient en pleins ébats amoureux quand je suis arrivé dans mon pin. J'ai tout de suite pris mes jumelles pour voir la scène de plus près. Puis, je nous ai vus. Je te faisais tout ce que Narcisse faisait. J'étais aussi beau que lui et tu m'aimais. J'ai pris des photos aussi, mais pas de nous. De Séverine et Narcisse. On ne sait jamais, ça pourrait peut-être servir un jour.

J'écoute *83*. J'aime ces paroles crues : «La vie est une salope... Tous les jours j'demande la force d'accepter tout ce qui me fait chier, mais que j'peux pas changer... Shit, souvent j'me d'mande comment ça va se terminer... C'est trop trash en moi... I don't give a fuck». J'aime cette franchise du rap. Il y a si peu de vraies personnes. «Parce qu'il faut pas sel' cacher, icitte on vit dans l'luxe, pis pour sel' procurer y'en a qu'y'agisse en pute»...

Parfois le langage n'est pas très enveloppé dans le rap, mais ici, l'enveloppe n'est pas le but. De toute façon, certains rappeurs font de très beaux emballages comme Loco Locass avec *Amour oral*. Amour oral Lou.

J'ai moins de pleurs au fond de moi. C'est la rage maintenant que je ressens. La rage, comme dans la chanson de Noir Désir.

La fenêtre
Dans le reflet de la table de verre
Le monde à l'envers

8 juin

J'écoute Tanger pour rêver, Léo Ferré pour pleurer et Patrick Zabé pour danser. Pour danser un peu.

95

Meat Loaf, Pink Floyd et Dédé Traké. J'ai peur tout à coup. J'ai peur un peu. J'ai peur beaucoup. Comme dans la chanson de Passe-Partout.

Fermer les yeux, prier un peu. Les ouvrir. Voilà, je suis devenu granola. Alors je chante avec Cano, Les Karrik, Jim Corcoran et Bertrand Gosselin : «J'ai la tête en gigue et le cœur en septembre».

Plus tard, je me fais un festival *Juste pour rire*. On dit que le rire, c'est important pour la santé. Alors je chante encore avec Karo, Nada, Les Bel Canto et Evan Joanness!

Il faut dormir.

?? juin

Le temps a passé. Je l'ai regardé et je n'ai pas écrit.

«Le temps est un traître de cape et d'épée qui vous glisse sa poudre d'oubli dans votre coca. Il faudrait pouvoir choisir son film.», m'a dit un jour Viktor Lazlo. Choisir son film, inventer sa vie. Tout recommencer différemment. Un autre monde, une autre vie. J'aimerais tout de même connaître Philippe, Gros Calin et Dagobert dans cette autre vie.

J'ai lu *Chaque jour est un adieu*, car chaque jour est un adieu.

«Hier, je suis allé me promener sur le bord de mon cœur et j'y ai vu un profond précipice. Au fond du gouffre, tu étais là. Morte. Je t'y avais poussée.» J'aurais aimé écrire ces phrases, mais elles ne sont pas de moi alors j'ai mis des guillemets. Il y en a tellement de belles phrases.

«Ah! que le temps vienne où les cœurs s'éprennent», disait Rimbaud à Verlaine. Moi, je dirais : Ah! que le temps vienne, que mon cœur s'éteigne. Même si la rime disparaît.

Saint-Exupéry a dit dans *Le Petit Prince* : «C'est le temps que tu as perdu pour ta rose qui fait ta rose si importante.» Alors moi j'essaie de perdre tout mon temps pour que tout soit important.

Je marche dans la forêt, je rêve dans mon arbre, je joue aux échecs avec Philippe... La vie est presque comme avant.

Retrouver la vie. Se retrouver dans l'écriture. La plume glisse maladroitement. Elle est ankylosée à force d'inanition. À quand les stylos qui roulent tout seuls, qui parlent tout seuls, pour nous?

Lou, j'aurais tellement aimé être tout pour toi. Tous tes désirs, tous tes regards, toutes tes envies de toutes tes nuits. Des jours aussi. Tout ton soleil les jours de pluie. Que tes doigts ne caressent que moi. Que ton cœur ne batte qu'avec moi et quand je ne suis pas là, que je sois ton ennui. Que tu te languisses de moi. Lou, juste toi et moi.

Mais je ne cherche plus ton visage dans les fenêtres, tu sais. J'ai compris que tu ne m'aimerais jamais.

Depuis toujours, j'aurais voulu ne t'avoir jamais rencontrée et rester avec ma petite vie. Il a fallu que tu m'appelles ailleurs, dans un lieu où tu n'iras pas. Je m'y rendrai donc seul et je t'attendrai à tout jamais.

16 juin

Je suis allé chez HMV. J'ai acheté la deuxième saison de l'émission *Minuit, le soir.* Je suis revenu à la maison et j'ai écouté tous les épisodes en rafale. La caméra est brillante, les dialogues sont bons, les comédiens sont extraordinaires. C'est très touchant de voir la vie de *bounceurs* (videurs en bon français) si vulnérables et sensibles. Ça m'a donné l'idée de faire une boule d'amour avec Gros Calin et Dagobert.

J'ai aussi acheté le film *Bon cop bad cop*, et *Les Invincibles*, mais je les visionnerai un autre jour.

Je passe la journée en boule d'amour avec Dago et Marsupilami Noir. On fait des siestes ensemble. Je leur fais plein d'attaques de becs. Je joue au tapis volant avec Dagobert. Dagobert aime beaucoup le tapis volant. Elle s'installe sur la carpette, je prends un bout du tapis dans mes mains et je promène Dagobert dans toute la maison. Lorsque j'arrête, Dagobert crie « encore ! » (mirmaoouïr !).

À la fin, elle dit toujours « merci ! » (maroouî !).

Gros Calin m'a fait un cadeau. Il m'a laissé une moustache sur mon oreiller. Je l'ai mise avec les autres. Ma collection de moustaches est dans une bouteille de lait en verre, mais il n'y a plus de lait dedans. De toute façon, le lait est maintenant vendu dans des sacs de plastique ou dans des boîtes en carton. C'est une très vieille bouteille que Mamie m'a donnée. J'y mets toutes les moustaches que les chats me donnent. Au Moyen Âge, les sorciers et les sorcières aussi collectionnaient les moustaches de chats.

20 juin

Le ciel est très beau. Demain, c'est l'arrivée de l'été. Je vais un peu mieux maintenant.

Quand j'étais petit, l'été arrivait toujours le 21 juin avec la fin des classes. Quel délice, quelle joie, quelle délivrance. L'été! De nos jours, il nous fait des surprises. Il arrive parfois le 20 juin. On peut même dire l'heure précise de son arrivée. La technologie se glisse partout. Même dans le miracle. Alors, vite à la chaîne météo pour savoir l'heure de l'arrivée de la nouvelle saison et courir dans le jardin pour la voir venir.

Le vent passe dans la nuit.

21 juin

8 heures 12. Je cours derrière les bourdons. Il y en a plein qui butinent dans le jardin. J'aime les voir. Ils sont rondouillards, ils ont l'air doux, ils me font penser à Gros Calin. 8 heures 14. Je regarde partout. Dans toutes les fleurs, les arbres, les nuages. Dans le ciel, dans le vent. 8 heures 17. J'écoute les oiseaux qui chantent, la cigale qui stridule déjà malgré cette heure matinale. J'observe les fourmis au travail. Je respire, je scrute, j'écoute, je regarde, je cherche, j'attends... À 8 heures 23, l'été explose. Il entre en moi et je tombe par terre sur la pelouse.

Tomber dans le gazon d'Espagne. Se laisser aller et respirer le vent, le ciel, les arbres et les fleurs qui dansent. Respirer le rythme de la vie qui bouge bien malgré moi. Malgré tout ce que je crois.

Respirer l'été.

22 juin

J'ai la tête dans le ciel. Je parle parfois avec Mamie. Dans mes rêves surtout.

23 juin

Je viens tout juste d'éteindre la télévision. C'était une émission de Marie-France Bazzo. C'est une fille brillante et éloquente, Marie-France. Je l'aime beaucoup. Mais elle, elle ne m'aime pas, car elle ne sait pas qui je suis. L'émission traitait d'éducation.

Je me demande pourquoi j'ai eu tant de mal à apprendre à lire et à écrire. Quand j'étais plus jeune, on parlait de troubles d'adaptation et d'apprentissage, d'audimutité... Mais ces étiquettes, comme toutes les étiquettes, changent avec le temps. Aujourd'hui, je serais peut-être dyslexique ou dyspraxique. Ou je souffrirais d'un trouble envahissant du développement. C'est que dans la souffrance, comme dans n'importe quoi, il faut être à la page!

Ou peut-être faut-il donner des emplois à des gens qui ne savent pas quoi faire de leur vie et qui ont pour mission d'étiqueter des enfants et de changer souvent les étiquettes pour fourvoyer les autres et, au bout du compte, se fourvoyer eux-mêmes.

Pire encore, on aurait pu me coller l'étiquette : doué. C'est ridicule ces tests que l'on fait passer aux enfants. Et les parents qui s'enorgueillissent quand leurs rejetons performent bien. Comme si on pouvait mesurer l'intelligence avec un test. Entrer dans le cerveau dans lequel la science commence à peine à percer les mystères. J'écoute toujours *Découvertes*. De plus, moi je crois qu'il y a toutes sortes d'intelligences. Il y a l'intelligence que l'on mesure avec des tests stupides et des bulletins qui ne veulent rien dire, mais il y a l'intelligence du cœur aussi. Comme Philippe, Bernard, Muriel et Alix même si elle est trisomique. Alix a un cœur plus développé que la plupart des gens. Mère Teresa avait sans doute cette intelligence du cœur et aurait peut-être très mal réussi le WISC (Weschler Intelligence Scale for Children). Moi, je crois bien avoir échoué à ce test! Il y a l'intelligence du corps aussi : les gymnastes, les danseurs, les gens qui travaillent au cirque et pourquoi pas les danseuses érotiques. L'intelligence artistique : les musiciens, les poètes, les peintres, les créateurs... Cependant, les gens ne valorisent souvent que la performance intellectuelle ou scolaire. Peut-être parce qu'on associe le succès scolaire au succès financier. C'est quand même drôle de voir des docteurs, des ingénieurs, des avocats, des dentistes qui ne peuvent pas planter un clou, changer un pneu crevé ou faire une vidange d'huile. Et si on leur demande de dessiner un personnage, ils vous font un bonhomme allumettes. Comment se fait-il que des êtres aussi brillants soient restés à un stade de développement d'un enfant de quatre ans quand il s'agit de dessiner? Alix a toujours fait de très beaux dessins quand on était dans la classe de Muriel. Et Alix est trisomique. Alors, elle est où l'intelligence?

J'en ai connu des enfants supposément doués. Leur tête était souvent gonflée d'orgueil, comme à l'hélium. Ils marchaient au-dessus de nous. Ça c'est quand ils ne nous marchaient pas carrément dessus. Imaginez la souffrance de ces enfants doués. Convaincus qu'ils sont condamnés à vivre dans un monde avec des êtres inférieurs…

24 juin

J'ai écouté la radio et Musique Plus toute la journée. Que de la chanson d'ici, toute la journée! J'aime la Saint-Jean.

J'ai joué avec les chats. On a fait la fête ensemble. On a même pique-niqué dans le jardin.

Je ne sais pas quoi écrire puisque dans les jours et les pages à venir, je me demande ce que je vais pouvoir y lire.

Mine de rien, l'encre coule et je continue de noircir ces pages. Je devrais dire bleuir puisque mon stylo est bleu.

J'aime tellement mes chats que je me demande s'il me reste assez d'amour pour Lou.

26 juin

Écrire seulement.

Quand devient-on écrivain? Est-ce simplement lorsqu'on écrit ou faut-il avoir publié pour l'être? Moi, je crois que l'on est écrivain lorsque l'on écrit. Il y en a qui écrivent bien et d'autres moins bien.

— Quand devient-on écrivain?

— Lorsqu'on écrit.

La poésie se glisse partout dans les mots. Dans toutes les listes d'emplettes : pleurote, topinambour, tomatille, salsifis, romarin, poivre vert (pour un daltonien, c'est très poétique), myrtille, chou-fleur, rutabaga, cerfeuil...

Je vais écrire la scène au présent pour la revivre encore une fois…

Je suis dans mon arbre. Le ciel est calme et bleu de partout. Deux tourterelles tristes viennent se poser sur une branche tout près de moi. Je ne bouge pas. Je les regarde longtemps. Elles roucoulent. Je les écoute longtemps. Elles s'envolent…

Je respire. Je ferme les yeux longtemps…

J'entends un bruit. J'ouvre les yeux, je tourne la tête. C'est Séverine qui arrive dans la cour, un verre à la main. Elle titube et beugle quelque chose. Je n'entends pas ce qu'elle dit. Elle gueule encore. Quelqu'un arrive. Je n'ose écrire son prénom. C'est l'engueulade. Je prends mes jumelles. Je vois la scène de plus près maintenant.

La personne prénommée Quelqu'un pousse Séverine dans la piscine. Séverine crie. Puis, Quelqu'un court chercher la longue brosse qui sert à nettoyer le fond de l'eau. Séverine, qui nage mal dans sa robe et l'alcool, s'agrippe à la perche. Quelqu'un va lui sauver la vie…

Non! Quelqu'un la pousse vers le fond de l'eau. Une seconde, deux secondes, trois secondes. Séverine remonte à la surface et patauge vers le bout moins profond de la piscine. Elle semble dégrisée. Elle ne crie pas. Je pense qu'elle est à bout de souffle. Elle tousse, crache de l'eau. Il ne lui reste plus beaucoup de vie, je crois.

Quelqu'un marche sur le bord de la piscine, puis quand Séverine s'approche, Quelqu'un saute à l'eau et se précipite sur elle. Quelqu'un lui prend la tête et la pousse au fond de l'eau. Le corps de Séverine se débat. Il fait plein de clapotis. Une seconde, deux secondes, trois secondes, quatre, cinq...

À un certain moment, Séverine cesse de bouger. Quelqu'un la prend dans ses bras, la recoiffe et la dépose dans l'eau. Sur le ventre. Quelqu'un sort de la piscine, replace la longue brosse et entre rapidement dans la maison. Une seconde, deux secondes, trois secondes, quatre, cinq, six, sept, huit, neuf, dix...

J'entends la voiture de Quelqu'un qui démarre. Je regarde Séverine qui flotte sur l'eau...

Je reste longtemps à la contempler et, dans ma tête, je crie la chanson de Blue October : «Hate me today. Hate me tomorrow. Hate me for all the things I didn't do for you.»

On dit que, lorsqu'une personne décède, elle revoit le film de sa vie. Moi quand je regardais flotter Séverine, c'est l'histoire de ma vie qui m'est revenue comme une série de diapositives. Et plus les diapositives défilaient, plus la musique qui accompagnait le diaporama était forte et violente.

Huit ans. Séverine qui crie à Muriel : «Non, ce n'est pas ça. Vous faites erreur. Cet enfant est pa/res/seux». Pa/res/seux en découpant bien les syllabes. Cet enfant! Je n'ai même pas de nom pour Séverine. Je n'existe pas. Cet enfant, pa/res/seux. Puis elle me prend par le bras et nous sortons rapidement de la classe de l'orthopédagogue.

«Hate me today. Hate me tomorrow...»

Quinze ans. «Il faut faire quelque chose. Je vais parler de toi à mon esthéticienne. Ton visage est horrible. C'est comme si tu avais des boutons par-dessus ton acné. Coudon, te laves-tu la face quand tu prends ta douche?» Elle est soûle, mais je vois très bien le mépris chez elle. La rage, la haine.

Six ans. Mes peintures aux poubelles. Et voilà que le carrousel qui présente les diapositives s'emballe et qu'il me défile des dizaines et des dizaines de fois la même image. Mes peintures qui volent dans le vent avant d'aller rejoindre les ordures.

Cinq ans. «Pas VANVULENCE, AMBU-LANCE! C'est pas compliqué ça!» Les lettres capitales, c'est parce qu'elle crie encore. Séverine criait tellement souvent après moi.

Onze ans. Tous mes oursons en peluche ont disparu de ma chambre. Tous mes toutous que Prospère me rapporte de ses voyages. Séverine les a donnés aux pauvres, car je n'ai pas rangé mes jouets.

Seize ans. Obligé d'aller «jouer» dehors par un temps glacial, car Séverine a un ami qui vient la visiter et elle ne veut pas être dérangée. Narcisse est resté trois heures la première fois qu'il est venu à la maison.

Là, c'est Anastacia qui vocifère en dedans et de la neige partout. De la neige et du froid.

Les diapositives défilent à une vitesse effrénée. La musique hurle dans ma tête. Je cligne des yeux. Séverine flotte toujours dans la piscine. Je ferme les paupières et un court métrage débute. Dix-sept ans. Je ne vais plus à l'école. Je ne travaille pas. Séverine m'oblige donc à faire du bénévolat. Je choisis de donner mon nom à la SPCA, car je trouve qu'il est plus facile de communiquer avec les animaux qu'avec la plupart des humains. C'est là que je rencontre Gros Calin et Dagobert, mais je ne peux pas les adopter, car Séverine ne veut pas de chats à la maison. Sans doute veut-elle me punir d'avoir choisi la SPCA plutôt qu'un hôpital, par exemple, qui aurait plus de valeur à ses yeux.

Je demande à Daniel, le patron de la SPCA, si je peux payer une pension pour un gros chat noir et un chaton tigré que je prendrai dans quelques mois, quand j'aurai ma maison. Je sais que ça semble énorme une maison pour mes dix-huit ans, mais je suis seul à savoir que c'est Séverine qui veut avoir le champ libre pour recevoir Narcisse en toute liberté.

Daniel a dit oui! Il est très gentil Daniel. Il aime beaucoup les chats aussi.

Alors je vais tous les jours à la SPCA. Parfois à bicyclette, parfois en autobus. Je vais visiter Gros Calin et Dagobert. Je les flatte, je les brosse, je leur parle. Je leur dis que je viendrai bientôt les chercher.

* *

*

C'est à cette période de ma vie, pendant que se construisait ma maison et que je faisais du bénévolat que j'ai appris le chat. Comme on apprend l'anglais ou l'espagnol.

Il est 19 heures 12. J'attends. Que va-t-il se passer maintenant?

Une musique silencieuse
Dans la nuit
Où tout bascule

* *
*

Prospère est venu me voir vers 22 heures. Il m'a dit que Séverine était décédée. Qu'elle s'était noyée dans la piscine. Qu'elle avait probablement trop bu, qu'elle était tombée à l'eau selon toute évidence. Prospère semblait très calme.

Moi, j'aurais voulu me jeter dans ses bras. J'aurais voulu tout lui dire. Tout. Que je n'étais pas ce qu'il croyait. Que je savais aussi…

Quand Prospère est parti, je me suis roulé un joint, car j'étais tout étourdi. Je me suis dit que l'effet de la fumée annulerait le tourbillon dans ma tête. C'est quoi la loi en mathématique : négatif + négatif, ça s'annule, non? Et envoyez la musique. La plus violente possible. Du métal, du destroy : System of a Down, Rob Zombie, Métallica, *Murderous* de Nitzer Ebb, *Disposable Teens* de Marilyn Manson, *Funtime* de Boy George, c'est comme s'il y avait des couteaux qui grattaient à l'intérieur de mon crâne. The Rasmus, Eminəm «I'm sorry, Mama. I never meant to hurt you. I never meant to make you cry, but tonight I'm cleanin' out my closet.»

The Lord's Prayer interprété par Nina Hagen.

Des musiques sombres, des musiques noires, des chansons tristes aussi : Mano Solo, Leonard Cohen, Valérie Lagrange, Offenbach, «J'devrais appeler chez drogue secours». Les Rita Mitsouko avec *Y'a d'la haine...*

Et Black Sabbath et Iron Maiden.

Daniel Chenevez également, car il chante *La musique adoucit les meurtres.*

J'ai allumé des bougies. Je me suis habillé tout en noir et j'ai fait brûler de l'encens. Je n'ai ni or, ni myrrhe.

* *
*

J'ai vomi.
Je ne me sens pas bien. Je vais me coucher.

?? juillet

De la musique et de la fumée toute la journée. Pour partir, pour ne plus rien sentir.

111

Cali, Corcoran, Corneille. Les trois débutent avec un C. C'est mon cocorico de la journée. Et ensuite tournent Jo Lemaire, Danielle Messia, Guesch Patti, Éric Lapointe, Niagara… Lofofora… La musique cogne de plus en plus fort et des images tournent dans tous les sens : Séverine, Quelqu'un, la perche, la lumière, Séverine qui beugle, Séverine qui titube, Séverine qui tombe, Séverine qui s'accroche, Séverine qui s'enfonce, Séverine qui remonte, Séverine qui surnage, Séverine qui crache, Séverine qui s'étouffe, Séverine dont la tête est maintenue par Quelqu'un et qui ne fait plus que des clapotis avec ses jambes, Séverine qui flotte. Séverine qui flotte longtemps.

La musique continue. Alain Souchon, Arno avec *Je veux nager*, Thomas Fersen, Michel Fugain, Michel Faubert : «Amis buvons, mes chers amis buvons…» La musique du film *Rocky Horror Picture Show*… Je danse, je tourne en rond comme les disques…

Puis, je me suis fait un croc-en-jambe et je suis tombé sur le remix de *Remixez-moi* de Marc Drouin. «Remixez-moi. Remixez-moi. Remixez-moi. Je suis né — gatif… En l'an — thropophagie… J'ai gradi — sturbé… Dans un pré — jugé… Près des États — d'ivresse. Remixez-moi. Han an. This is the remix. (musique : *Han an. Pou be doume, tac que tac que tac, poubedoubedoube-doume-franck, tout-toume, poubedoubedoube-doubedoume. Han annn. Han annn…* Pas facile

112

d'écrire de la musique quand on n'est pas musi-cien!) Remixez-moi…» Je danse jusqu'à tomber dans ma chaise électrique…

Ça disjoncte dans ma tête. C'est comme si les neurones voulaient quitter le pays.

?? juillet

Aujourd'hui, je ne me suis même pas rasé (le visage, le sexe je ne me le rase plus), même pas lavé. Je suis resté en pyjama toute la journée et j'ai encore fait tourner des disques : Zazie, Plume Latraverse, Breen Lebœuf, Marie-Jo Thério, Marie José Thériault, Jacques Blanchet, Les Secrétaires Volantes, TSPC (je ne sais pas ce que signifie ce sigle. J'ai pensé à Trop Soûl Pour Conduire ou Tes Souliers Pour le Christ. Ta Salope Peut Crever, c'est fort aussi.)

Notre Dame chante «crissent les roues d'une charrue qui mène à la mort». Silmarils hurle *Love Your Mum.* Et suivent Indochine, Adamo, Jeronimo…

J'ai bu du jus, j'ai mangé du fromage, du pain et des cochonnailles.

Me voilà maintenant dans un roman policier. J'ai été témoin d'un meurtre. Cependant si nous étions dans un livre d'Agatha Christie, le meurtrier serait la personne que l'on soupçonne le moins. Dans ce cas-ci, ce serait probablement Philippe. Mais ce n'est pas Philippe. Il me faut en parler à quelqu'un, sinon je vais devenir fou. Ça pourrait être Prospère le cocu ou Narcisse l'*argentsexuel*. Ça pourrait être Lou dont la famille aurait été ruinée par le père de Séverine ou madame Bulhões qui voulait se venger de ses années d'esclavage. Ça pourrait être moi aussi le meurtrier. Comme dans les films d'horreur où il y a un peu de folie. *The Shining* par exemple. Un moment d'égarement et je descends de mon arbre. Je viens noyer Séverine qui est ivre dans la cour. Je me suis même maquillé les yeux en noir comme le chanteur de Blue October dans son clip, quand il crie à sa mère «Hate me today. Hate me tomorrow. Hate me for all the things I didn't do for you. »

Je viens tout juste de me réveiller. J'ai lu ce que j'ai écrit lors des trois derniers jours. J'ai peur.

Demain auront lieu les obsèques de Séverine.

Ce n'était pas aussi beau que les funérailles de Mamie, car ce n'était pas Bernard qui célébrait la messe. Pour le reste, Prospère avait pris le même forfait que pour Mamie : designers, chorale, service de traiteur avec hommes déguisés en pingouins, violoncellistes...

Prospère m'a dit ce matin que je devais rester avec lui toute la journée, jusqu'à ce que les dernières personnes aient quitté les lieux. Je ne pouvais pas m'éclipser comme je l'avais fait lors du service funèbre de Mamie.

J'ai bu pour me calmer un peu. J'ai écouté les conversations aussi. «Elle va nous manquer.» «Cinquante-deux ans, c'est jeune!» «La maison est vraiment magnifique.» «Jouez-vous au golf cet été?» «C'était une belle cérémonie.» «Nous, on va en Norvège cet automne!»...

— La pauvre, elle a perdu sa mère, il y a un mois. Je crois qu'elle était très déprimée.

115

— Oui, mais elle buvait beaucoup tu sais?
Elle était soûle et elle est tombée à l'eau, y
paraît!

— Ben oui! Incroyable! Les noyades, c'est
toujours bête.

— Ah oui! Tu sais Monique, la sœur de
Nicole, ben son beau-frère s'est noyé...

Ainsi, Quelqu'un a réussi le meurtre parfait.
On croit à un accident. C'est même devenu un
ragot.

*   *

*

J'ai pu revenir chez moi à 19 heures.

Un joint pour me calmer.

Parfois, je pense que tout ça est impossible
et que je devrais aller marcher dans le bois, trouver le plus grand hêtre et me pendre à sa plus
haute branche. Me balancer longtemps par les
mains ou par le cou.

?? juillet

Ce matin, je suis allé enterrer le sac de pot
que Narcisse m'avait donné. J'ai marché longtemps dans la forêt pour trouver l'endroit idéal. Je
me suis retrouvé au pied de mon arbre. J'ai fait un

grand trou sous mon pin. Je ne veux plus fumer. J'ai enterré le sac. Le pin a prié sur moi.

Il me vient toutes sortes d'idées étranges, angoissantes. C'est pour ça qu'il me faut sortir de la brume.

?? juillet

J'ai rêvé à la noyade de Séverine, la nuit dernière. Les images sont toujours là dans ma tête. Je sais qui est Quelqu'un, mais je ne peux en parler à personne. Je ne veux pas mêler Philippe à cette histoire. Je pourrais en parler à Bernard puisqu'il est tenu au secret de la confession, mais je suis certain qu'il me dirait que je devrais aller me confier à la police. Et je ne veux pas. Il n'y a personne à qui parler. Alors je vais te le confier à toi, mon journal. Quelqu'un, c'est Baptiste. Ici j'écris son vrai nom pour mélanger les enquêteurs si la police trouve mon cahier.

Le meurtre parfait. Je me demande si Miss Marple ou Hercule Poirot trouverait le ou la coupable. Parfois il y a plusieurs coupables. À l'autopsie, on a décelé un taux d'alcool très élevé. Son époux l'a trouvée dans la piscine. Aucune trace d'infraction. Aucun coup porté à la défunte. Séverine est donc tombée à l'eau. Aucun témoin. Aucune personne pour la secourir. Elle n'a pas pu nager à cause de ses vêtements et de l'alcool.

Verdict du coroner : noyade pour cause d'ivresse.

Alors j'écoute la chanson *L'Affaire Dumoutier* du groupe The Box. «C'est lui qui a fait le coup, je vous dis moi!... Walking, walking, on the tight rope of insanity. Walking, walking, on the verge of losing mind...» Traduction simultanée dans mon cerveau en mayonnaise : «Marcher, marcher, sur la fine ligne de la démence. Marcher, marcher, sur le point de perdre la tête...»

Je sais qui a tué Séverine, mais je ne sais pas pourquoi. Il me reste à percer le mystère. On dirait que je suis dans un *Club des cinq*.

* *

*

Quand on écrit, il reste toujours des traces. À moins que l'on ne mette tout ça au feu. C'est peut-être une bonne idée. C'est peut-être la meilleure idée, mettre tout ça dans le feu.

* *

*

Je me demande bien comment va se terminer ce cahier. Je bois du jus de pomme. Il est 14 heures 35. Dagobert est couchée devant la fenêtre, dans un carré de soleil. Elle aime beaucoup se faire bronzer. Gros Calin est quelque part dans la maison, il aime beaucoup manger. Baptiste, alias Quelqu'un, est partout dans ma tête. Je me demande s'il aime beaucoup tuer.

* *

*

Je me frappe le sol contre la tête. Je me frappe la tête de lit aussi.

?? juillet

Je ris de me voir ainsi dans les miroirs. Je me sens comme la Castafiore de *Tintin*. Le mélodrame prend toute la place. La tragédie s'installe de plus en plus. Mais c'est incroyable tout ça. En plus, les meurtres arrivent généralement au début dans les livres d'Agatha Christie. Dans mon cas, le meurtre arrive alors que mon cahier s'achève. C'est impossible tout ça!

Nous sommes au mois de juillet. La date, je ne sais toujours pas. J'écris, je ne sais pas pourquoi non plus. Peut-être pour laisser des traces. Me laisser des traces comme Hansel et Gretel. Des traces pour se retrouver. Mais comment me retrouver dans tout ça?

Prospère part aujourd'hui pour un voyage d'une semaine. Je dois passer à l'action. Telle Annie, la froussarde du *Club des cinq*, j'élabore mon plan.

* *

*

J'attends la nuit. On a davantage la trouille dans le noir. À 23 heures 15, je prends ma lampe de poche, mon sac à dos et je marche jusque chez Prospère et feu Séverine. La nuée couvre la lune et les étoiles. J'entends mon cœur battre dans ma tête. J'entre dans la maison, je désactive le système d'alarme, je n'allume aucune lumière. Je descends au sous-sol et me dirige vers le bureau de Prospère. Toujours fermé. Je prends les tournevis dans mon sac pour enlever la poignée de la porte.

L'opération est longue.

La pièce a une odeur de patchouli. Ma lampe de poche se promène partout. Bibliothèques, ordinateur, classeurs, moquette, plafond, pupitre… Je regarde enfin la pièce interdite. Je ne sais pas ce que je cherche. J'allume le iMac de Prospère. On me demande un code d'accès. Je tape son nom. Erreur. Le nom de sa défunte femme. Erreur. Je tape Woody Allen, car c'est son cinéaste préféré. Erreur. Je laisse l'ordinateur. Je fouille dans les tiroirs du pupitre. Erreur. Je cherche dans la bibliothèque. Erreur. Sous la moquette. Erreur. Je me tourne vers les classeurs. Erreur, ils sont verrouillés. Chercher un trousseau de clés maintenant. Je pense à la chanson *La clé* de Catherine Major. Je la chante dans ma tête...

Je chante longtemps.

En haut de la bibliothèque, je trouve une boîte en bois que j'ai décorée avec des bouts de laine et des boutons quand j'étais en troisième année. C'était pour la fête des pères. J'avais complètement oublié cette boîte. À l'intérieur, les clés !

Prendre une inspiration.

Dans le classeur, des tonnes de chemises avec des noms et des numéros. Puis, une enveloppe. Une grande enveloppe jaune. À l'intérieur, une photo de Prospère devant la Tour Eiffel. À ses côtés, Lou. Tout se passe très vite dans ma tête. Lou ? Sur le même cliché. Lou, ma demi-sœur ? Prospère aurait eu une enfant avec une autre femme ? Un jour, elle a retrouvé son père biologique et ils sont allés en France ensemble pour fêter les retrouvailles... D'autres photos dans l'enveloppe. Et toujours Prospère et toujours Lou. À Toronto, à Vancouver, sur la plage, devant un lac, en ski alpin...

Je n'ai peut-être pas compris la complexité des *Châteaux intérieurs* de sainte Thérèse d'Avila, mais je n'ai mis que quelques secondes pour comprendre le plan de Prospère. Séverine était machiavélique, Prospère l'a surpassée : madame Bulhões nous quitte, il en profite pour faire entrer sa maîtresse dans la maison. Sa maîtresse, mon loup à moi. Lou fait le ménage pendant quelques semaines, puis tragédie : la maîtresse de la maison est trouvée morte dans la piscine. Ivre. On croit à un accident. Lou reste au service du pauvre veuf richissime et bla, bla, bla, comme dans un roman *Harlequin* ou un roman-photo super kitsch.

Je remets toutes les photos dans la grande enveloppe jaune. Je retourne à l'ordinateur. Le code d'accès. Je tape le véritable nom de Lou. Erreur. Je tape mon nom pour voir, mais pas Boris, mon véritable nom. L'ordinateur émet un drôle de bruit. C'est comme des gargouillis. Mon nom comme code d'accès. Mon nom à moi. L'écran s'illumine, et en toile de fond, Prospère et Lou qui s'embrassent, une crème glacée à la main, et derrière, que du ciel bleu.

Je crois que mon cœur a cessé de battre.

Je dégobille dans la poubelle. Je me sauve de la maison en courant.

?? juillet

8 heures 25. Ouvrir les yeux. La nuit est encore dans ma tête. Est-ce que j'ai rêvé tout ça? Un goût étrange dans ma bouche. La réalité s'installe. Dagobert et Gros Calin dans le lit. Les souvenirs se réveillent. Hier. Prospère. Lou…

* *

*

Je suis retourné chez Prospère pour effacer les traces de mon passage de la nuit dernière. Premièrement, j'ai nettoyé le vomi séché dans la corbeille et j'ai ouvert les fenêtres pour faire disparaître l'odeur. J'ai rangé l'enveloppe jaune dans le classeur, replacé les clés dans la petite boîte, remis la boîte au-dessus de la bibliothèque. J'ai éteint l'ordinateur.

C'est à ce moment que je l'ai vue. Juste devant moi. Dans un grand cadre avec une vitre et un passe-partout. Une de mes peintures de la maternelle. Un cheval bleu dans un pré vert. La toile est très simple et très belle.

Je ne savais pas que Prospère avait sauvé une de mes peintures.

Je me suis assis dans son fauteuil et j'ai regardé longtemps *Le cheval bleu.*

Je sais maintenant pourquoi il ne faut pas aller dans le bureau de Prospère. C'est parce que sa chaise, c'est un fauteuil électrique! Un fauteuil où tout tourne : la vie, l'amour, l'argent, la mer, la mort, l'avenir, l'armoire, l'amibe, l'alcool, l'aveugle, l'aventure, les rires, le meurtre, les larmes, les souvenirs, le soleil, le cheval bleu…

Je suis tombé en bas du fauteuil tellement les secousses étaient fortes.

J'ai replacé la poignée de porte et je suis rentré chez moi.

Il n'y a aucune musique.

?? juillet

Je marche encore dans le vide. Les minutes passent. Elles me soûlent et je regarde vers l'intérieur. Je ne sais plus quand le ciel est bleu et quand le ciel est gris. Et les jours passent à la queue leu leu.

Le jour se lève
Je m'endors
Dans ma tête

?? juillet

Vagues grises
Sur la rivière
Sombre tempête

?? juillet

Les chats me réconfortent. Je leur fais des boules d'amour et des prisons de becs. Une prison, c'est un peu comme une attaque de becs, mais ça dure plus longtemps. Dagobert adore quand je la caresse sur le ventre. Elle ronronne. Elle me dit «encore!» (mirmaoouïr!).

Dagobert est une très bonne enseignante. C'est avec elle que j'ai commencé mes leçons de chat alors qu'elle était encore à la SPCA. Le chat, c'est plus facile à apprendre que le français. En chat, c'est la musicalité qui est importante. Un peu comme en mandarin, je crois. Ainsi un même *miaou* veut dire différentes choses selon l'intonation avec laquelle on le prononce. Par exemple, *mirmaoouïr!* avec une voix qui monte à la fin veut dire *encore*, alors que si l'intonation baisse dans le *aoouïr*, cela veut dire *arrête*.

J'ai lu quelque part que les Inuits ont plusieurs mots pour qualifier la neige. Beaucoup plus qu'en français qui est une langue qui a beaucoup de mots. C'est normal, car les Inuits connaissent mieux la neige que nous.

En chat, il y a plusieurs mots pour parler d'amour et de farniente. Peut-être parce que les chats connaissent ça mieux que les humains.

Exemples :

Maroui = je t'aime
Pourmaouï = je t'aime tout court
Pourmaouiouï = je t'aimais, je t'aime et je t'aimerai
Pourmaouîîî = il y a longtemps que je t'aime, jamais je ne t'oublierai

m-prrrrrr = soleil
miiiaoui = nu au soleil
miaouuuî = complètement nu au soleil
prourmaouille = aimes-tu la vie comme moi?

Je leur donne des becs sur le ventre, la truffe, les coussinets. Je les lave un peu en passant le bout de ma langue sur leur tête.

Une bougie est allumée, c'est bien. Pour la paix, pour la vie, la mort, la nuit, la fin et la joie aussi. Comme sur les gâteaux d'anniversaire. La poésie de Barnabooth traîne devant moi. Il était beau Barnabooth.

Le matin est bizarre. C'est étrange dans mon corps. Le printemps et l'automne se mélangent. Il y a du bleu et la mort dans le ciel. Parfois, ça gronde à l'intérieur alors qu'à d'autres moments la paix s'infiltre dans ma tête, mon cœur, je ne sais pas.

Prospère est très souvent à la maison. Lou semble travailler sept jours sur sept maintenant. Je la vois souvent quand je vais dans mon arbre. Elle se baigne, elle lit, elle dort dans le hamac.

Philippe n'a passé aucun commentaire sur les heures supplémentaires de Lou. Lou, j'aurais dû suivre ma première idée et t'appeler Marie. Je vous salue Marie, pleine de grâce, Prospère est avec vous, vous êtes bénie entre toutes les femmes et Boris votre beau-fils est béni ou guéri ou un autre mot qui finit en i.

?? août

Il est 8 heures dans la cuisine et 9 heures dans le salon. Quand c'est le temps de l'année où l'on doit changer l'heure, je ne règle pas tous les cadrans, horloges et autres appareils qui marquent le temps tels le micro-ondes, la cuisinière, la cafetière, la télévision, le lecteur DVD, l'enregistreur numérique personnel, l'ordinateur… Ainsi je sais quelle heure il serait si on n'était pas maintenant. Sur ma table de chevet, le réveille-matin indique 8 heures 12 alors qu'il est une heure plus tard au salon. Comment serais-je dans 60 minutes?

?? septembre

Ouvrir les portes
Laisser le vent
Tout emporter

?? septembre

Pause au jardin
Un mardi
Comme un dimanche matin

Nuée blanche, grise, bleue
L'arc-en-ciel
Dans les nuages

J'aime octobre. Il y a le gala de l'ADISQ en octobre. Je le regarde toujours à la télé. Chaque année, j'écris mes prédictions sur un papier. Un peu comme Jojo Médium. J'ai de très bons résultats. Si mon jeu de l'ADISQ était un test d'intelligence, je serais très brillant.

Il y a l'Halloween aussi. Moi je crois que les classes ne devraient commencer que le 31 octobre. Ainsi tout le monde se déguiserait pour la rentrée. Une rentrée costumée. Il faut dire cependant, il faut dire que souvent, yo! comme tsé y'a des ados qui se déguisent toute l'année. L'autre jour, j'ai vu une fille gothique qui marchait vers la polyvalente. Elle faisait très sorcière de sa personne! Je crois surtout que l'école ne devrait débuter que le 31 octobre, car ça ferait moins de jours de classe et plus de jours de vie.

En octobre, il y a le 28 octobre également. La nuit où j'ai appris à lire. La nuit où j'ai perdu l'enfance en basculant dans le code des lettres. Grâce aux lettres, je me suis sauvé dans les livres. Sans doute pour retrouver l'enfance.

129

Je dois écouter tous les disques de Sylvie Paquette. Il y a sûrement un message caché derrière toutes ces chansons. Un mot qui m'est destiné. Rien qu'à moi.

Et il y a peut-être des messages cachés partout! Qui sait? Va savoir!

Mes yeux se promènent d'un point à un autre, sans rien regarder, lentement, comme dans un ralenti de vidéoclip. Je reste là et j'attends que mes yeux *terminassent* leur trajectoire.

Le temps d'un instant, le temps ne passe plus.

?? octobre

Philippe et moi sommes allés faire des courses aujourd'hui. Sur le chemin, on a vu de grosses pancartes. En gros plan, Narcisse avec son plus beau sourire Colgate. Il se lance en politique! Il sera sûrement très bon dans le sens de crosseur, magouilleur ou escroc. Comme à la commission Gomery ou tout ce que l'on entend au téléjournal.

Je me demande si les revenus de son pot servent à renflouer sa caisse électorale.

Quand il pleut, je marche dans les flaques d'eau. Comme Jésus sur le lac de Tibériade.

J'écoute souvent Ima et son *Ave Maria*. *I still pray* aussi. Alors, je prie avec Catherine Durand.

Je fais tourner des 45 tours. C'est très drôle, car on doit constamment changer les disques. Ça va très vite et on a plus le même rapport avec le temps. *Good Bye* de Descars, *Pris par le temps* de Bündock, *Crazy Crazy* de Patsy Gallant, *Shout* de Tears For Fears, *Lover Boy* de Billy Ocean, *C'est la ouate* de Caroline Loeb, *Never Let Me Down Again* de Depeche Mode et Top Sonart et Laura Branigan et Gloria Gaynor...

Parfois je danse avec Gros Calin. Je lui donne plein de becs dans le cou, sur le ventre et sur le nez. Des becs en esquimaux. Je l'installe sur ma nuque. Gros Calin s'allonge sur mes épaules et je l'appelle la Grosse Zibeline.

Ce soir, c'est la pleine lune. Je vais aller courir dans la forêt. Ensuite, nous dormirons tous dans la garde-robe. Les chats aiment beaucoup faire du camping. «Warwaouar!», Youpi, on va bivouaquer!

131

Nous sommes le premier décembre. Voilà plus d'un mois que je n'ai pas écrit dans mon cahier. Il est 10 heures. Il neige depuis ce matin. C'est la première neige. Hier encore, le paysage était vert et gris. Maintenant, il est tout blanc. La neige a tout recouvert. Tout effacé, jusqu'à ma vie. Tout oublier, Lou, Séverine et l'été qui vient de passer. Il me faut vite finir ces pages si je veux aller enterrer mon cahier. Bientôt la terre sera gelée. Tant de choses à dire quand il reste si peu de place. Quand il reste si peu de temps. Mais comment remplir ces lignes? J'ai toujours eu de la difficulté avec la fin des choses : celle des vacances, de l'enfance, d'un roman, de Mamie, de la vie, de l'amour...

C'est peut-être parce que j'ai de la difficulté à vivre la fin des choses que je n'ai pas écrit dans ce cahier depuis si longtemps. J'ai écrit ailleurs cependant. Au mois de novembre, j'ai écrit sur des feuilles mobiles. Ce qui est bien avec les feuilles mobiles, c'est qu'elles sont volatiles. J'ai écrit des textes de chanson pour les interprètes que j'aime. Quand j'avais terminé un texte, je pliais ma feuille pour en faire un avion et j'allais dans mon pin. Je montais le plus haut possible et je lançais mes avions dans le vent, à la lune ou au soleil. Je me demande si les chansons se rendront à destination.

Le ciel est blanc, la forêt est blanche, tout est calme maintenant. Même au fond de moi. Je me demande où est le fond de moi.

* *

*

Prendre un disque, le regarder, puis le replacer. Ne pas vouloir l'écouter. Ne pas vouloir me rappeler cette époque. Chaque chanson évoque en moi un souvenir.

* *

*

Je suis assis sur le sofa, les jambes enroulées dans un plaid. À côté de moi, il y a *Le club des cinq aux sports d'hiver*. Je vais le relire. Je vais retrouver Claude, Mick, François, Annie et Dagobert. Je vais leur parler, comme avant.

* *

*

Comment terminer ce cahier? De façon mélodramatique. Je pourrais ouvrir toutes les fenêtres et laisser le froid de décembre prendre tout mon être ou se glisser dans la maison et se marier avec mes os glacés.

Ou écrire un haïku musical.

Sylvie Bernard
Sylvie Tremblay
Sylvie Paquette

ou

Anne Renée
Renée Claude
Claude François

Écrire des lettres, aligner des mots pour remplir des lignes. Pour finir ce cahier au plus vite. Le temps presse.

Je pourrais aussi écrire le nom de tous les artistes que j'aime et dont je n'ai peut-être pas parlé dans ces pages : Kate et Anna McGarrigle, Michel Polnareff, Albin de la Simone, Gaston Mandeville, Émily Loiseau, Alfa Rococo, Anne Clark, Karlof, Kaolin, Ginette Ravel, Arcade Fire, Cassiopée qui me fait parfois penser à Joe Bocan, Johanne Blouin quand elle chante Félix, Malajube, Pagliaro, Mara Tremblay, Charlotte Gainsbourg, Lhasa et son amie Magnolia, Émily car elle me laisse danser, Marie-Mai car elle me fait rocker, Annie Blanchard car elle me fait rêver, Laurence Jalbert, Champion, Leonard Cohen, Keane, Desireless, Mika, Paul Ahmarani, Maryse Letarte alias Rita-Rita, Julos Beaucarne, Marie-Annick Lépine et ses cowboys aussi, Tristan Malavoy,

Éric Lapointe, Stéphanie Lapointe, j'ai sûrement déjà parlé de Pierre, Ariane Moffatt, Numéro#, Carla Bruni, Diane Dufresne, De Palmas, Censia, Charlebois, Dubois, Sylvie Laliberté, Marie Philippe, Maritza, Jamil car il est drôle, Valérie Lagrange car elle me fait pleurer, Stefie Shock, Paul Piché, Poppys, Tricot Machine, Toulouse, Valérie Lemercier, Martin Léon, Sinclair, Monique Jutras, Omnikrom pour sa danse de la poutine qui est sûrement bien différente de *La danse à Saint-Dilon* ou de *La danse des canards*, Patrick Fiori, Serge Fiori, Nancy Dumais, Live, Daniel Bélanger, Daniel Boucher, Danielle Messia, Daniel Lanois, Daniel Lavoie... Je ne sais plus, il y a tellement de musique, de chansons, de chanteurs, de chanteuses dans ma tête, dans mon cœur.

* *

*

Je me sens comme le mascaret.

* *

*

13 heures 30. Je suis allé marcher dans le vent. Sur le chemin, j'avais peine à respirer. J'ai écouté le vent dans les arbres. J'ai regardé les arbres dans le vent et la neige. Longtemps. C'était beau.

135

Quelqu'un a baptisé Séverine dans la piscine. Par immersion complète, comme font les Témoins de Jéhovah. Je lui en serai toujours reconnaissant.

Prospère est très gentil, car il m'a donné Lou comme belle-mère. Je lui en serai toujours reconnaissant. Lou ne me quittera plus jamais. Elle sera toujours près de moi.

Quand Prospère est en voyage et que Lou reste seule à la maison, je vais dormir sous le lit de mes parents. C'est Gros Calin qui m'a montré comment me faufiler sous un lit. J'ai mis tout un mois pour y arriver.

J'écoute Lou quand elle rêve.

Prospère est très gentil aussi, car il a conservé *Le cheval bleu*. Il est très gentil surtout parce qu'il m'a lu une histoire le soir du 28 octobre : *Maison hantée, chats noirs et autres choses à vous faire dresser les cheveux sur la tête.* J'ai encore le livre. Évidemment, Petit Vampire a mordillé la page couverture.

14 heures 28 dans le salon, mais pas dans la cuisine. J'écoute une chanson. Je ne dirai pas laquelle. Je garde le secret pour moi. Dagobert et Gros Calin l'écoutent aussi, mais je sais qu'ils ne diront rien.

15 heures 13 quelque part. Dagobert fait une *tortillole* dans le salon. Une *tortillole*, c'est quand Dagobert arrive en courant dans une pièce. Puis, elle s'arrête brusquement sur un tapis, une carpette. Elle penche d'abord la tête vers le sol comme un taureau. Elle se frotte les moustaches. Ensuite, elle s'écrase sur le côté dans un bruit sourd. Avec ses pattes de derrière, elle se pousse pour tourner sur l'autre côté. Dagobert bascule sur le dos. Elle se dandine sur le tapis. Elle avance comme un serpent. Mais un chat, c'est beaucoup plus joli qu'un serpent. Et un serpent, ça ne sent pas le maïs soufflé.

J'aime quand Dago fait des *tortilloles*. Je lui donne plein de becs.

* *

*

16 heures 17. Il grêle maintenant. L'hiver est
bien arrivé même s'il n'arrive officiellement que
dans vingt jours.

Il me reste quelques lignes. Je ne sais pas
quoi dire. Écrire, seulement.

* *

*

Il est 18 heures 15 et j'écoute la radio. C'est
l'émission *Bonté divine!* J'ai besoin d'entendre la
voix de quelqu'un. Quand Danièle, l'animatrice,
parle en ondes, on dirait toujours qu'elle sourit.
Ça me fait du bien d'entendre des sourires. Dans
quelques heures, je vais m'habiller chaudement et
je vais aller enterrer mon cahier.

J'avais pensé aller chez Lou et Prospère
mettre mon livre dans leur bibliothèque. Placer
ma vie entre celles de *Madame Bovary* et *René*,
par exemple. Ou *Maria Chapdelaine* et *Anti-
gone*. *Thaïs* et *Fanfan*. *Alexis* et *Demian*. Cacher
mon cahier entre *Le grand cahier* et *Le cahier
rouge*. Entre *Juillet* et *La classe de neige*. Entre les
Mémoires d'Hadrien et *Le roman de l'adolescent
myope*…

Juste quelques minutes pour voir. Je ne l'ai pas fait.

Je n'ai plus de temps maintenant.

*   *
*

Tout est prêt. Je suis allé chercher une pelle dans le sous-sol. J'ai ma lampe de poche, mon sac à dos. J'ai fait du chocolat chaud pour le thermos. J'ai même mis un morceau de «cake» dans mon sac, car ça fait très *Club des cinq*. Il me reste trois lignes maintenant.

Prospère entre tes mains, je remets mon esprit.

«Tout est achevé.»

Je crois!

LES ÉDITIONS DAVID

VOIX NARRATIVES ET ONIRIQUES

Collection dirigée par Marie-Anne Blaquière

BÉLANGER, Gaétan. *Le jeu ultime*, 2001.

BRUNET, Jacques. *Ah...sh***t! Agaceries*, 1996. Épuisé.

BRUNET, Jacques. *Messe grise ou La fesse cachée du Bon Dieu*, 2000.

CANCIANI, Katia. *Un jardin en Espagne. Retour au Généralife*, 2006.

CHICOINE, Francine. *Carnets du minuscule*, 2005.

CHRISTENSEN, Andrée. *Depuis toujours, j'entendais la mer*, 2007.

CRÉPEAU, Pierre. *Kami. Mémoires d'une bergère teutonne*, 1999.

CRÉPEAU, Pierre et Mgr Aloys BIGIRUMWAMI, *Paroles du soir. Contes du Rwanda*, 2000.

CRÉPEAU, Pierre. *Madame Iris et autres dérives de la raison*, 2007.

DONOVAN, Marie-Andrée. *Fantômier*, 2005.

DONOVAN, Marie-Andrée. *Les bernaches en voyage*, 2001.

DONOVAN, Marie-Andrée. *L'envers de toi*, 1997.

DONOVAN, Marie-Andrée. *L'harmonica*, 2000.

DONOVAN, Marie-Andrée. *Mademoiselle Cassie*, 1999. Épuisé.

DONOVAN, Marie-Andrée. *Mademoiselle Cassie*, 2e éd., 2003.

DONOVAN, Marie-Andrée. *Nouvelles volantes*, 1994. Épuisé.

DONOVAN, Marie-Andrée. *Les soleils incendiés*, 2004.

DUBOIS, Gilles. *L'homme aux yeux de loup*, 2005.

DUCASSE, Claudine. *Cloître d'octobre*, 2005.

DUHAIME, André. *Pour quelques rêves*, 1995. Épuisé.

FAUQUET, Ginette. *La chaîne d'alliance*, en coédition avec les Éditions La Vouivre (France), 2004.

FLAMAND, Jacques. *Mezzo tinto*, 2001.

FLUTSZTEJN-GRUDA, Ilona. *L'aïeule*, 2004.

FORAND, Claude. *Ainsi parle le Saigneur*, 2006.

GRAVEL, Claudette. *Fruits de la passion*, 2002.

JEANSONNE, Lorraine M. M. *L'occasion rêvée... Cette course de chevaux sur le lac Témiscamingue*, 2001. Épuisé.

LAMONTAGNE, André. *Le tribunal parallèle*, 2006.

MUIR, Michel. *Carnets intimes. 1993-1994*, 1995. Épuisé.

PIUZE, Simone. *La femme-homme*, 2006.

RICHARD, Martine. *Les sept vies de François Olivier*, 2006.

ROSSIGNOL, Dany. *Impostures. Le journal de Boris*, 2007.

ROSSIGNOL, Dany. *L'angélus*, 2004.

VICKERS, Nancy. *La petite vieille aux poupées*, 2002.

YOUNES, Mila. *Ma mère, ma fille, ma sœur*, 2003.